चन्द्रकिशोर जायसवाल

चन्द्रकिशार जायसवाल का जन्म 15 फरवरी, 1940 को बिहार के मधेपुरा जिले के बिहारीगंज में हुआ। आपने पटना विश्वविद्यालय, पटना से अर्थशास्त्र में स्नातकोत्तर शिक्षा हासिल की और अरसे तक अध्यापन करने के बाद भागलपुर अभियंत्रणा महाविद्यालय, भागलपुर से प्राध्यापक के रूप में सेवानिवृत्त हुए।

आपकी प्रमुख कृतियाँ हैं—'गवाह गैरहाजिर', 'जीबछ का बेटा बुद्ध', 'शीर्षक', 'चिरंजीव', 'माँ', 'दाह' 'पलटनिया', 'सात फेरे', 'मणिग्राम', 'भट्ठा', 'दुखग्राम' (उपन्यास); 'मैं नहिं माखन खायो', 'मर गया दीपनाथ', 'हिंगवा घाट में पानी रे!', 'जंग', 'नकबेसर कागा ले भागा', 'दुखिया दास कबीर', 'किताब में लिखा है', 'आघातपुष्प', 'तर्पण', 'जमीन', 'खट्टे नहीं अंगूर', 'हम आजाद हो गए!', 'प्रतिनिधि कहानियाँ' (कहानी-संग्रह); 'श्रृंगार', 'सिंहासन', 'चीर-हरण', 'रतजगा', 'गृह-प्रवेश', 'रंग-भंग' (नाटक); 'आज कौन दिन है?', 'त्राहिमाम', 'शिकस्त', 'जबान की बन्दिश' (एकांकी)।

आप 'रामवृक्ष बेनीपुरी सम्मान' (हजारीबाग), 'बनारसी प्रसाद भोजपुरी सम्मान' (आरा), 'आनन्द सागर कथाक्रम सम्मान' (लखनऊ), बिहार राष्ट्रभाषा परिषद का 'साहित्य साधना सम्मान' (पटना) और बिहार सरकार का जननायक 'कर्पूरी ठाकुरी सम्मान' (पटना) से सम्मानित हैं।

आपके उपन्यास 'गवाह गैरहाजिर' पर राष्ट्रीय फ़िल्म विकास निगम द्वारा निर्मित फ़िल्म 'रूई का बोझ' और कहानी 'हिंगवा घाट में पानी रे!' पर दूरदर्शन द्वारा निर्मित फ़िल्में काफी चर्चित रही हैं। 'रूई का बोझ' नेशनल फ़िल्म फेस्टिवल पैनोरमा (1998) के लिए चयनित हुई थी और अनेक अन्तराष्ट्रीय फ़िल्म महोत्सवों में प्रदर्शित हो चुकी है।

ई-मेल : jaiswal.chandrakishore@gmail.com

मो. : 993108938

दुखग्राम

चन्द्रकिशोर जायसवाल

राजकमल पेपरबैक्स

राजकमल पेपरबैक्स में
पहला संस्करण : 2023

राजकमल पेपरबैक्स : उत्कृष्ट साहित्य के जनसुलभ संस्करण

राजकमल प्रकाशन प्रा.लि.
1-बी, नेताजी सुभाष मार्ग, दरियागंज
नई दिल्ली-110 002
द्वारा प्रकाशित

शाखाएँ : अशोक राजपथ, साइंस कॉलेज के सामने, पटना-800 006
पहली मंजिल, दरबारी बिल्डिंग, महात्मा गांधी मार्ग, प्रयागराज-211 001
वेबसाइट : www.rajkamalprakashan.com
ई-मेल : info@rajkamalprakashan.com

बी.के. ऑफसेट
नवीन शाहदरा, दिल्ली-110 032
द्वारा मुद्रित

मूल्य : ₹199

DUKHGRAM
Novel by Chandrakishore Jayswal

ISBN : 978-81-19028-09-2

मयंक की दादी को

मैंने यह गौर किया है कि श्रीमान का दिमाग एक चालू सड़क की तरह है जिस पर एकसाथ ढेर सारी गाड़ियाँ दौड़ती रहती हैं। जब वे कुछ बतियाते हैं, तब वे मन में कुछ और भी सोचते रहते हैं। ऐसा कितनी ही बार हुआ है कि उन्होंने अचानक प्रसंग बदला है और मुझसे कुछ और कहने लगे हैं या कुछ और पूछ बैठे हैं।

एक दिन एक अधूरी बातचीत के बीच में ही उन्होंने प्रश्न किया, "मुझे यह बताइए, श्रीकान्त, कि क्या यह दुनिया सुन्दर है?"

मेरी समझ में नहीं आया कि उन्होंने अचानक मुझसे यह प्रश्न क्यों किया। जो बातचीत हमारे बीच चल रही थी उससे तो निकलकर नहीं आया था यह प्रश्न। कोई बालक करता ऐसा प्रश्न तो मैं बहुत खुश होकर उसे जवाब देता, देर तक उसे बहुत कुछ सुनाता रह जाता मगर 'श्रीमान्' पूछ रहे थे तो यह प्रश्न बहुत भारी हो गया मेरे लिए। मुझे विश्वास था कि एक लम्बा सफर तय करने के बाद ही वे इस सवाल तक आए हैं। मैंने अपना जवाब बुदबुदाया, "महापुरुषों ने तो यही कहा है, श्रीमान, कि यह दुनिया बहुत सुन्दर है।"

"सुन्दर ही नहीं, बहुत सुन्दर?"

"जी।"

"महापुरुषों की बातें बाद में, श्रीकान्त, अभी तो आप बताइए कि यह दुनिया सुन्दर है भी क्या?"

"सुन्दर तो है, सर।"

"कैसे?"

"यह दुनिया इतनी सुन्दर तो जरूर है कि यह हमारे रहने लायक है। यहाँ सुन्दर लोग हैं, सुन्दर जानवर हैं, पक्षी हैं। सुन्दर पेड़-पौधों और फूलों से भरी है यह धरती। जल के सुन्दर स्रोत हैं और खाने के लिए सुन्दर-

सुन्दर चीजें हैं। सौन्दर्य से भरी है यह दुनिया। क्या हम इतनी सुन्दर दुनिया में रहना नहीं चाहेंगे?"

"मुझे लगता है कि इस दुनिया का अपना कोई सौन्दर्य नहीं है। हर व्यक्ति की अपनी निगाह होती है यह देखने की कि यह दुनिया सुन्दर है या नहीं। किसी को यह दुनिया बहुत सुन्दर दिखती है और किसी को अत्यन्त कुरूप।"

"आप इस दुनिया को सुन्दर नहीं मानते, श्रीमान?"

कैसी तो मुस्कराहट आई थी श्रीमान के होंठों पर और फिर उन्होंने ना में सिर हिला दिया। एक क्षण की चुप्पी के बाद वे बोले, "आपके महापुरुषों ने भी इसे दुखग्राम ही कहा है। और उसके बाद भी आप क्या नहीं देख रहे अत्याचार, शोषण, हिंसा? उस दुनिया को मैं कैसे सुन्दर मान लूँ, श्रीकान्त जिस दुनिया में पिछले पाँच हजार सालों में मेरा मयंक बार-बार मारा गया है?"

"पिछले पाँच हजार सालों में?...मयंक?" मैं मन ही मन बुदबुदाया और फिर बिना किसी हिचक के उनसे कहा, "मैं कुछ समझा नहीं, श्रीमान।"

वे थोड़ी देर मेरा चेहरा निहारते रहे और फिर पूछ बैठे, "क्या आप ऐसा मान सकते हैं कि विकलांगों में आत्मा नहीं होती?"

"विकलांगों में आत्मा नहीं होती!" मैं बुदबुदाया था और फिर जवाब दे दिया, "मैं ऐसा नहीं मानता।"

"क्या आप यह मान सकते हैं कि नवजात मानवीय नहीं होते और उनमें जिन्दगी कुछ महीनों बाद ही शुरू होती है?"

"बिलकुल नहीं मान सकता।"

"मैं भी ऐसा नहीं मानता।"

"तो फिर, श्रीमान," मैं बोला, "आपने मुझसे यह प्रश्न पूछा क्यों?"

"कभी किसी जमाने में एक समुदाय ऐसा भी कहीं था जो मानता था कि विकलांगों में आत्मा नहीं होती और चीन में कभी यह माना जाता था कि नवजात मानवीय नहीं होते और छह महीनों के बाद ही उनमें जिन्दगी शुरू होती है।"

"यह उसका अज्ञान था।"

"यह अज्ञान आज हमारे समाज में भी होता तो अच्छा होता।"

"कैसे?"

"जिनमें आत्मा नहीं होती थी, ऐसे विकलांग बच्चों को बेझिझक मार दिया जाता था। हमारा मयंक आज हमारे सामने नहीं होता, कब का मर चुका होता; कहीं जमीन में दफन कर दिया गया होता या जंगल-झाड़ी में मरने के लिए फेंक दिया गया होता।"

मैं अवाक् रह गया था। श्रीमान को क्या हुआ कि आज ऐसा बोल गए? कुछ हुआ तो नहीं है इनके साथ?

उन्होंने मुझ पर निगाह जमाई और आगे कहा, "मयंक के पैदा होने पर मुझसे पूछा भी नहीं जाता कि नवजात के साथ क्या किया जाए, सिर्फ बता दिया जाता कि बच्चा विकलांग है। मयंक की माँ वीणा अपनी माँ से कहती, 'इसे कुछ जहर-माहुर चटा दो, माँ।' मयंक की नानी का जवाब आता, "अब मैं जहर-गाहुर ढूँढ़ने जाऊँ! यहीं बैठे-बैठे गला दबा देती हूँ।"

मैंने उनके चेहरे पर निगाह डाली। वे विषण्ण मुस्कराहट के साथ आगे बढ़े, "परम्परा जहाँ भी जैसी रही हो मगर ममता किसी माँ से कभी दूर नहीं हुई होगी। मैं जान रहा हूँ कि उस समय भी किसी न किसी माँ की आँखों में आँसू आ जाते होंगे, कोई-कोई आत्महत्या तक से बाज नहीं आती होगी मगर..."

वे रुके और फिर आगे बढ़े, "यह माँ राहत महसूस करती और अपनी माँ से कहती, 'यह तुम्हारे पूजा-प्रसाद का ही फल है, माँ, कि यह 'अशुभ' मेरी कोख में नौ महीने तक रह गया और मैं जिन्दा रह गई।' उसकी माँ का जवाब आता, 'मैं जब तक हूँ, कुछ भी बुरा नहीं होने दूँगी तुम्हारा। यह सोचो कि मैं नहीं रहूँगी, तब क्या करोगी तुम? अपनी चाल चलना, किसी और की चाल नहीं।"

"अगर मुझसे पूछा जाता," कुछ रुककर बोले वे, "तब मैं क्या बोलता?"

यह सवाल मुझसे पूछा गया था। मैं कैसे बोलता कि जो विचार मयंक की माँ और नानी के मन में था, वही विचार आपका भी होता? मैंने जवाब

दे दिया, "आप कभी स्वीकार नहीं करते कि मयंक को..."

"क्या पता, मैं उनके निर्णय को स्वीकार ही कर लेता," बहुत उदास स्वर था उनका, "अभी भी तो हमारे यहाँ नवजात बच्चियों की हत्या हो रही है। हम इसे कहाँ रोक पा रहे हैं? इस धरती के हर भूखंड में, हर सभ्यता में नवजात मारे जाते रहे हैं। सभ्य समाज के 'बुद्धिमान' लोग भी इसे स्वीकार करते रहे हैं। उनका कहना रहा है कि हम किसी जाति की परम्परा और संस्कृति के साथ छेड़छाड़ नहीं कर सकते, कि हम अपने मूल्यों के आधार पर उनकी परम्परा और संस्कृति का मूल्यांकन नहीं कर सकते।"

"मैं जान रहा हूँ, श्रीमान," मैंने जोर देकर कहा, "आप कभी उनके निर्णय को स्वीकार नहीं करते।"

उन्होंने मेरे जवाब पर ध्यान नहीं दिया और आगे बढ़े, "यूनान में यह निर्णय पिता करता था कि नवजात के साथ क्या सलूक हो। बच्चे को जन्म देने के बाद माँ उस बच्चे को अपने पति के पास ले आती थी और उससे पूछती थी कि वह उसे स्वीकार करता है या नहीं। पति ने स्वीकार नहीं किया तो उस बच्चे को मरना था।

"वीणा अपने पति हेमन्त के समक्ष मयंक को लेकर आती और पूछती, 'इस बच्चे को जिन्दा रखूँ या मार दूँ?'

"हेमन्त जवाब देता, 'इसे क्यों मारोगी भला! यह तो बेटा है।'

"'बेटा है मगर विकलांग है।'

"'मेरा जी नहीं करता इसे मारने का। एक विकलांग का बोझ उठा लेंगे हम।'

"वीणा कहती, 'मेरी माँ कहती है, ऐसा बच्चा बचता नहीं है। जब यह मरेगा ही तो क्यों न अभी ही मर जाए?'

"'इसे मरना है तो मरे अपनी मौत, हम इसे मारने का पाप क्यों उठाएँ? मेरा तो यही निर्णय है कि बच्चे को हम नहीं मारें।'

"'मैं आपका निर्णय मानूँ या अपनी माँ का? माँ ने कहा है, ऐसे बच्चे को मारने में जरा भी पाप नहीं है।'"

"इसके बाद," उन्होंने कहा, "मैं जानता हूँ, हेमन्त चुप लगा जाता। वीणा मयंक को अपनी माँ के सुपुर्द करने चली जाती।"

मैं इस सोच में पड़ गया कि 'श्रीमान्' अलाय-बलाय सोच-सोचकर अपना दिमाग खराब कर रहे हैं। मुझे लगा कि इनका इस तरह मानसिक सन्तुलन कभी भी बिगड़ सकता है।

मैं और कुछ सुनना नहीं चाह रहा था मगर मुझे सुनाने के लिए अभी उनके पास बहुत कुछ था। क्या मेरे सुन लेने से उनका भार कुछ हल्का हो जानेवाला था? मुझे सुन लेना था; वे सुनाने लगे, "कहीं-कहीं यह प्रथा भी रही है कि बच्चे को परिवार के मुखिया के पास लाया जाता था और उसका निर्णय माना जाता था। जब मयंक मेरे समक्ष लाया जाता, तब क्या मैं किसी सूरत में हाँ भरता? मैं उन सब से कहता, 'ईश्वर ने इस बच्चे को जन्म दिया है। यह उनकी मरजी है कि हम इस बच्चे का बोझ उठाएँ। हम ईश्वर की मरजी के विरुद्ध नहीं जा सकते। अगर हम सब लोग इस बच्चे का बोझ उठाने में सहयोग करें तो कोई बोझ हम कभी महसूस करेंगे ही नहीं। हम सब मिलकर इस बच्चे को पाल लेंगे। परिवार के लिए एक बच्चे का बोझ भला क्या बोझ!'"

श्रीमान तो मयंक को कितने ही जमाने और जातियों में पैदा कर उसे कैसी भी मौत से बचाकर सुरक्षित बाहर निकाल लेना चाहते थे। वे आगे बढ़े, "कितनी ही जातियों में प्रथा रही है शिशुओं को देवी-देवताओं की वेदी पर बलि देने की। ऐसे कितने ही धार्मिक उत्सव होते थे, जब शिशुओं की बलि दी जाती थी। बैबिलोन में हर दसवें बच्चे की बलि दे दी ज़ाती थी।"

"दसवाँ बच्चा!" मैं बोल पड़ा, "मयंक सुरक्षित है यहाँ, श्रीमान; वह तो घर का पहला बच्चा है।"

"पहला बच्चा सुरक्षित नहीं था सीरिया में। यहाँ के देवता जुपिटर और जूनो को परिवार के पहले बच्चे का खून चाहिए। यहाँ परिवार का पहला बच्चा मयंक सुरक्षित नहीं था।"

अब मुझे बोलना पड़ा, "किस जमाने में और किस जाति में क्या प्रथा थी, इसमें क्यों उलझे हुए हैं आप, श्रीमान? आपको तो सिर्फ इस पर ध्यान देना है कि आज जिस हाल में है मयंक, उसमें कैसे उसका दुख भरसक दूर किया जाए।"

"आपका कहना तो ठीक है, श्रीकान्त मगर..."

"मगर क्या, श्रीमान?"

"जब से मेरा मयंक पैदा हुआ है, विकलांग मयंक, तब से मैं सोचता रहा हूँ, यह जिन्दा रहेगा या नहीं, किसी असमय मौत का शिकार तो नहीं होगा। मेरे अन्दर कोई ऐसा जहर आ गया है, ऐसा जहर कि मैं उन सारे विकलांगों के बारे में, नवजात शिशुओं के बारे में सोचने लगा हूँ जिन्हें मार डाला गया, जिनके खून से देवी-देवताओं का अभिषेक किया गया। रोम में माँ दिनदहाड़े नवजात को टीबर नदी में फेंक रही थी, रूस में औरतें अपने बच्चों को भेड़ियों के आगे फेंक आती थीं, कहीं बच्चों को मारकर कुत्तों को परोस दिया जाता था। कोई देवता था बाल हेमोन; उसकी मूर्ति के आगे धधकती चिता में बच्चों को डाल दिया जाता था। मुझे क्यों तो लगने लगा है कि उन बच्चों में एक मेरा मयंक भी था। आपको यह लगे कि मैं पागल हो गया हूँ मगर क्या आपके दिल में भी उन बच्चों के लिए दर्द नहीं होता? मेरा तो दिल दहल उठता है।"

"संसार में बहुत अन्याय हुए हैं, श्रीमान; हम इतना भर सोच सकते हैं कि अब कोई अन्याय नहीं हो। आप केवल अपने मयंक के बारे में सोचिए, आज के मयंक के बारे में। अपना मयंक सुरक्षित है, श्रीमान; आपका मयंक बिलकुल सुरक्षित है।"

"आपको ऐसा लगता है कि मयंक सुरक्षित है?"

"हाँ, श्रीमान, बिलकुल सुरक्षित है अपना मयंक।"

शायद अब तक श्रीमान भी थक चुके थे; उन्होंने आगे कुछ नहीं सुनाया।

बाद के दो-तीन दिन मैं उनके पास जा नहीं सका था। चौथे दिन वे मेरे घर ही आ टपके। चाय पीने के साथ ही वे शुरू हो गए, "बंजारों के यहाँ ऐसा होता था कि जब वे लम्बी यात्रा पर निकलते थे तो गोद के बच्चों के बोझ से मुक्त होने के लिए उन्हें मार डालते थे।"

मेरे होंठों पर मुस्कराहट उतर आई तो वे कुछ लजा-से गए और कहा, "मयंक की सुरक्षा को लेकर हमारी बातचीत हुई थी। आपने कहा और मैंने

भी मान लिया कि मयंक सुरक्षित है। इस बात पर मैंने बहुत मन्थन किया है पिछले दो दिनों में। मुझे लगता है कि जितनी आसानी से हमने मान लिया कि मयंक सुरक्षित है, उतना आसान नहीं है मयंक का सुरक्षित रह जाना। आपने मुझे देखकर मान लिया और कह दिया कि मयंक सुरक्षित है, आपकी नजर देश-दुनिया पर तो नहीं गई। मेरी नजर उस पर गई है और आपको भी इस पर सोचना है।"

मैं समझ नहीं सका कि उनके मन्थन से क्या बाहर निकल आया है और उनके साथ मुझे भी क्या सोचना है। अब मेरे चेहरे पर कोई मुस्कराहट नहीं थी। मैं चुपचाप उनके चेहरे को निहारने लगा। उन्हें मेरे किसी जवाब की प्रतीक्षा भी नहीं थी। वे आगे बढ़े, "मैं कह रहा था बंजारों के बारे में। गोद के बच्चे बोझ होते थे और माँ-बाप उन बच्चों को मार डालते थे। विकलांग बच्चे भी तो माँ बाप के लिए बोझ ही होंगे। क्या वे नहीं चाहेंगे इस बोझ से मुक्त हो जाना? मेरा मयंक तो विकलांग है।"

उनकी आँखों में उदासी उतर आई थी। मैं कुछ बोलने की स्थिति में नहीं था। वे अपनी रौ में बोल रहे थे, "यह तो होता ही था कि जब खेतों से इतनी उपज नहीं आती थी कि पूरे परिवार की परवरिश हो जाए, तब बच्चों को मौत के घाट उतार दिया जाता था। दुर्भिक्ष के समय तो बच्चों को विदा कर ही दिया जाता था।"

"हमारे आज के समाज में ऐसा कुछ नहीं होता," मैंने उन्हें सुनाया, "और आपको ऐसा लगता है कि आपका परिवार कभी दुर्भिक्ष का शिकार होगा? अगर आपके खेतों में सिर्फ घास ही उपजेगी, तब भी इतनी घास तो उपज ही जाएगी कि सब लोग आराम से खा-पी लें।"

"यह तो है मगर..मगर..."

"कोई मगर नहीं, श्रीमान।"

"मेरा मयंक विकलांग है न?" उनकी आवाज सुस्त थी, "वह परिवार में हर एक की नजर में चढ़ जाएगा कि कुछ करता-धरता तो है नहीं, भर-भर थाली खाता है।"

"कोई कुछ नहीं सोचेगा, श्रीमान; मयंक अपने हिस्से की थाली खाएगा।"

"यह तो है कि वह किसी और के हिस्से की थाली नहीं खाएगा," उनमें कुछ उत्साह दिखा, "और मरने के पहले मैं उसके लिए और भी बहुत कुछ कर जाऊँगा।"

ऐसा लगा उस दिन कि उनकी समस्या का अन्त हो गया और वे काफी प्रसन्न होकर मेरे पास से गए हैं मगर अगली मुलाकात में ही उन्होंने फिर उसी बिन्दु पर चर्चा छेड़ दी, "उस दिन हमारी बातचीत अधूरी रह गई थी, श्रीकान्त। मैंने देश-दुनिया की बात की थी मगर उस पर तो कोई चर्चा ही नहीं हुई।"

"हाँ," मैंने कहा, "मैं भी भूल गया था कि पूरी चर्चा नहीं हो सकी।"

"आपकी नजर में किस बात पर चर्चा बाकी रह गई थी?"

"देश-दुनिया पर ही न, श्रीमान?"

"हाँ, देश-दुनिया पर ही," उन्होंने कहा, "अभी देश-दुनिया का जो हाल है, उसमें हम कैसे मान सकते हैं कि मयंक सुरक्षित हो गया? यह ठीक है कि उसके हिस्से में खेती की इतनी जमीन रहेगी कि उसकी उपज से इसका निर्वाह हो जाए। दो बीघे के चक में मैं जंगल लगा दूँगा जिसमें हजारों गाछ होंगे। दस-पन्द्रह वर्षों के बाद तो गाछ बिकने लायक हो जाएँगे। साल में दो गाछ बेचकर भी मयंक साल भर का खर्च निकाल सकता है। मैं मयंक के नाम से कुछ पैसे भी जमा कर जाऊँगा जिसके सूद से भी इसका भरण-पोषण हो सकता है। मगर जो सोच लिया मैंने, वह हो गया क्या? परिवार वाले ऐसा होने देंगे, तब न! मयंक तो मानसिक विकलांग है। वह कभी कुछ बोल भी पाएगा क्या? उसे कभी पता भी चलेगा कि उसके दादा उसके लिए सारा प्रबन्ध कर देने के बाद मरे हैं? क्या यह माना जा सकता है आज के युग में कि मयंक की आमदनी मयंक पर खर्च होगी? परिवार वाले ऐसा होने देंगे क्या? किसी की छोटी जरूरत भी मयंक की बड़ी से बड़ी जरूरत को अनदेखी कर पूरी की जाएगी। मयंक की आमदनी तो उसके माँ-बाप के हाथ में, उसके छोटे भाइयों के हाथ में रहेगी। वह तो बिलकुल बेसहारा बना रहेगा।"

"श्रीमान," मैंने कहा, "जब आप इतनी दूर तक सोच रहे हैं, तब तो आपको ईश्वर पर ही भरोसा करना होगा।"

"ईश्वर का भरोसा ही तो है, श्रीकान्त," थके स्वर में उन्होंने कहा, "ईश्वर के आदेश को ही तो मान रहा हूँ। 'अपने बच्चों को मत मारना। उन्हें दाना मैं दूँगा; तुम्हारे मुँह में भी तो मैं ही दाना डाल रहा हूँ।'—यही तो है ईश्वर का आदेश।

"मैं पत्नी के साथ निजामुद्दीन रेलवे स्टेशन के प्लेटफॉर्म पर अपनी गाड़ी के इन्तजार में बैठा हुआ था। मेरी निगाह एक अत्यन्त गरीब दम्पति पर पड़ी, जिनके साथ एक चौदह-पन्द्रह साल की बच्ची भी थी। मैंने कुछ देर बाद में जाना कि वह बच्ची विकलांग थी। उन लोगों को कोई और गाड़ी पकड़नी थी और इसके लिए प्लेटफॉर्म बदलना था। सीढ़ियाँ चढ़कर बच्ची को दूसरे प्लेटफॉर्म पर ले जाना कष्टकर रहा होगा उनके लिए। बाप ने बेटी को पीठ पर लादा और प्लेटफॉर्म से उतरकर रेल की पटरियों को पार करते हुए दूसरे प्लेटफॉर्म पर चला गया। बच्ची लगभग लोथ ही रही होगी। मगर उसके माँ-बाप ने ईश्वर का आदेश सुन रखा था। ईश्वर का आदेश मयंक के माँ-बाप भी सुन रहे हैं क्या? मैंने तो सुन लिया है ईश्वर का आदेश और कर रहा हूँ उन पर भरोसा। ईश्वर पर भरोसा रखने के सिवा मैं और कुछ कर भी तो नहीं सकता, श्रीकान्त।"

और फिर उन्होंने मुझसे पूछा था, "क्या आप ईश्वर में विश्वास करते हैं?"

"हाँ।" मैंने कहा था।

"क्यों?"

"क्योंकि वह मुझे प्यार करता है।"

"कैसे जाना?"

"यह उसका प्यार ही था कि उसने मुझे आपके पास पहुँचा दिया।" मैं बोलकर मुस्कराया।

वे भावुक निगाहों से मुझे देखने लगे।

मुझे लगा कि उस दिन ही ईश्वर को आगे कर वे अपनी सारी चिन्ताओं से मुक्त हो गए।

ऐसा लगा था मुझे कि वे चिन्ताओं से मुक्त हो गए थे पर ऐसा हुआ नहीं था। कुछ ही दिन बीते होंगे कि एक दिन फिर उन्होंने अपनी चिन्ता प्रकट करते हुए कहा, "हमारे यहाँ परम्परा है कि बहू अपने पहले बच्चे को अपने मायके में ही जन्म देती है। ईश्वर ने ही यह बुद्धि मयंक की दादी को दी होगी कि उसने वीणा को अपने पास रख लिया और प्रसव के लिए एक नर्सिंग होम में दाखिल कर दिया। जनमते ही बच्चा रोया करता है मगर मयंक रोया नहीं था; कोशिशों के बावजूद नहीं रोया था। अगर मयंक नानी के घर पैदा हुआ होता, तब तो नानी तुरन्त उसे फेंक आने की बात कर बैठती, 'अरे बाप, अशुभ पैदा हुआ है; दूर करो इसे।' दूर करने के लिए वह तुरन्त बच्चे को उठाती और किसी बँसबिट्टी में फेंक आने के लिए घर से बाहर निकल पड़ती। उसके दिमाग में यह बात कभी नहीं आती कि बच्चे को किसी मन्दिर की सीढ़ियों पर रख आया जाए।

"किसी जमाने में परित्यक्त बच्चों को चर्च के दरवाजे पर रख आया जाता था। उन बच्चों के पालन-पोषण की जिम्मेदारी पादरी उठाते थे। शायद तभी अनाथालय का जन्म हुआ था। आज भी हमारे यहाँ देखा गया है कि रात के अँधेरे में मन्दिरों की सीढ़ियों पर नवजात को रखकर गुम हो गई हैं माताएँ। इस पूर्णिया में ही मैं ऐसे दो व्यक्तियों को जानता हूँ जो झाड़ी में फेंके गए बच्चे को उठाकर अपने घर ले गए हैं और उन्हें अपने बच्चों की तरह पाला है। यह तो ईश्वर ही कराता है न। किस्सा है कि रोम्यूलस और रेमस नाम के दो नवजातों को टाइबर नदी में मरने के लिए फेंक दिया गया था मगर वे बच निकले। उन्हें भेड़ियों ने पाला था और उन्होंने ही रोम की स्थापना की। ईश्वर की मरजी से ही तो हुआ होगा ऐसा।"

"हाँ, श्रीमान, ईश्वर की मरजी से।" मैंने कहा।

"मगर ईश्वर की यह मरजी तो नहीं रही कि फेंक दिए गए मयंक को कोई उठाकर ले जाए। विकलांग बच्चे को, मानसिक विकलांग को, कोई उठाता भला?"

"श्रीमान, आप फिर बहक रहे हैं," मुझे बोलना पड़ा, "आप उस मयंक की बात कर रहे हैं जो अभी-अभी पैदा हुआ हो। अब मयंक, सात-

आठ साल का बच्चा, झाड़ियों में फेंके जाने लायक रहा क्या या मन्दिर की सीढ़ियों पर छोड़े जाने लायक? आप बेकार की बातों को लेकर मगजपच्ची कर रहे हैं।"

"आप ठीक कह रहे हैं, श्रीकान्त," मेरी आवाज की कड़वाहट से वे जरा भी परेशान नहीं हुए, "मगर मैं भी बहक नहीं रहा हूँ। मेरा डर अपनी जगह कायम है।"

"कैसा डर?"

"मयंक की नानी ने अपनी बेटी से कहा नहीं होगा?—'अब भी मेरा कहा मानो, बेटी, और इस 'अशुभ' से पिंड छुड़ाओ। किस लोभ से पाल रही हो उसे? उसमें कोई सुधार आया अब तक? जैसा पैदा हुआ था, वैसा ही अभी भी है। यह जान का जंजाल हो जाएगा बाद में। कुछ करो, अभी ही कुछ करो, यह सोचकर करो कि पिछले किसी जनम का कोई बैरी तुम्हारी कोख में पल रहा था।' तब बेटी ने अवश्य कहा होगा, 'अब क्या करूँ? मरता भी तो नहीं है यह चंडाल। अब मरेगा क्या? उसकी दादी तो उसे खिला-खिलाकर पहलवान बनाने पर तुली हुई है।' तब इस नानी ने कहा होगा, 'मेरे पास अभी भी एक उपाय है।' 'क्या उपाय?' बेटी ने पूछा होगा। नानी ने बेटी के कान में उपाय फुसफुसा दिया होगा।"

मैं अपनी मुस्कराहट रोक नहीं पाया; पूछा, "क्या फुसफुसाया होगा?"

"फुसफुसाया होगा, 'किसी दूर के मेले-ठेले में साथ ले जाओ उसे और वहीं छोड़कर घर वापस आ जाओ। घर पर बोलना कि मेले में गुम हो गया। दादा-दादी रो-धोकर चुप हो जाएँगे, मान लेंगे कि ईश्वर की यही मरजी थी।' नहीं फुसफुसाया होगा?"

"मैं मान लेता हूँ कि नानी फुसफुसाई होगी मगर यह तो नहीं मान सकता कि आप चुप बैठ जाएँगे इसे ईश्वर की मरजी मानकर। आप तो यही मानेंगे कि ईश्वर आपकी एक और परीक्षा ले रहा है कि आप अपने विकलांग पोते को ढूँढ़ने निकलते हैं या नहीं।"

"बिलकुल सही कहा आपने," वे बोले, "मैं चैन से घर में बैठ पाता क्या! मैं तुरन्त निकल पड़ता उसे ढूँढ़ निकालने और अपनी पूरी उमर खपा देता उसे ढूँढ़ने में। मगर विश्वास कीजिए कि मुझे उम्र खपानी नहीं पड़ती,

मैं साल-दो साल के अन्दर ही उसे ढूँढ़ ले आता। मुझे पता है न, खो गया मयंक तो कहाँ मिलेगा।"

"कहाँ मिलेगा?" मैं पूछ बैठा।

"मयंक देखने में कितना सुन्दर है! है न?"

"हाँ, श्रीमान, सुन्दर तो है, बहुत सुन्दर।"

"मगर विकलांग है, मानसिक विकलांग," उनकी आवाज काँप रही थी, "किसी विकलांग को तो कोई परिवार वाला नहीं ले जाएगा अपने घर। ऐसे बच्चों को तो वही उठाते हैं जो भिखमंगों की टोलियों के सरदार होते है। मैं भिखमंगों के बीच से अपने मयंक को ढूँढ़ निकालूँगा।"

श्रीमान की आँखें भींग गई थीं। मुझे लगा कि उनके मन का डर कोई झूठा डर नहीं है। मैं गम्भीर हो उठा और बोला, "इतना मत सोचा कीजिए, श्रीमान। ऐसा कुछ भी नहीं होगा जो आप सोच रहे हैं। सात वर्षों से मयंक को पाल रही है उसकी माँ। अब तक उसके मन में भी बेटे के लिए ममता पैदा हो गई होगी। अब वह खुद अपने बेटे की रक्षा करेगी, किसी माँ-नानी की बातों में नहीं आएगी।"

"मैं भी तो ईश्वर से यही प्रार्थना करता हूँ, श्रीकान्त," उन्होंने अपनी आँखें पोंछते हुए कहा, "कि भगवान उसे सुबुद्धि दें।"

बहुत भावुक स्वर में उन्होंने कहना शुरू किया था...

"न जाने अभी भी कितनी प्रार्थनाएँ हवा में ऊपर की ओर उठ रही होंगी ईश्वर के पास जाने के लिए कि वह इस बलाय बच्चे को उठा ले, अभी भी न जाने कहाँ-कहाँ के मन्दिरों में सोए देवताओं को जगाया जा रहा होगा कि वे इस चंचल बच्चे को सदा के लिए सुला दें मगर इन सारी प्रार्थनाओं से टकराती हुई हमारी भी तो प्रार्थनाएँ हैं कि यह बच्चा जिन्दा रहे, इसे बोली मिल जाए, बुद्धि मिल जाए। मुझे तो कभी-कभी लगता है कि मेरी दुनिया में अब और कुछ नहीं, कोई नहीं, सिर्फ मेरा यह पोता है। मगर, श्रीकान्त, मैं तो रह रहा हूँ उस दुनिया में जहाँ देवता भी नरबलि माँगते हैं, मासूम बच्चों तक की बलि माँगते आए हैं! कैसी है यह दुनिया!"

"यह दुनिया धीरे-धीरे बेहतर तो हो रही है, श्रीमान," कुछ तो बोलना

था मुझे, "इस धरती पर महापुरुष अवतरित होते रहे हैं और उन्होंने इस दुनिया को बेहतर बनाने का प्रयास किया है।"

"और दुनिया बेहतर हो गई?"

"नहीं हुई है क्या?" पूछ बैठा मैं और फिर तुरन्त जवाब भी दे डाला, "बेहतर तो हुई है, श्रीमान। आपके दिल-दिमाग में अभी भी वह देवता बाल हेमोन बैठा हुआ है जिसकी मूर्ति के आगे धधकती चिता में बच्चों को डाल दिया जाता था। अब तो ऐसा नहीं होता।"

"मुझे तो लगता है कि अब ऐसा कुछ अधिक ही हो रहा है।"

"कैसे?"

"कल रात करीब दस बजे वर्षा हो रही थी। आप जगे थे क्या?"

"जी, जगा हुआ था।"

"क्या कर रहे थे?"

मैंने मुस्कराकर जवाब दिया था, "मैं एक कहानी लिख रहा था।"

"तब तो आपके लिए भी यह समय सुहाना ही रहा होगा," बोलकर वे आगे बढ़े, "मैं खुली खिड़की से वर्षा की बूँदों को गिरते देख रहा था। यह समय मेरे लिए बड़ा सुहाना होता है और मैं इसका आनन्द उठाता रहा हूँ। मगर कल रात मैं बहुत बेचैन हो गया था।"

"बेचैन क्यों, श्रीमान?"

"मैंने घर के बाहर नजर की और फिर मेरी नजर पूरी धरती पर फैल गई। मुझे हर तरफ लोग भींगते और भागते नजर आए। दिन भर मैंने अखबारों और पत्रिकाओं में जितनी तस्वीरें देखी थीं, सब मेरी आँखों के आगे फिर से प्रकट होने लगीं। मैंने देखा कि एक बड़े-से मैदान में नर-मुंडों और अस्थियों का ढेर लगा हुआ है; देखा कि बन्दूकधारी सिपाहियों के आगे बच्चों की एक भीड़ भागी जा रही है और सबसे आगे एक सात-आठ साल की नंगी बच्ची चीखती-चिल्लाती भाग रही है; देखा कि एक बन्दूकधारी सिपाही ने बन्दूक की नोंक पर एक बच्चे को टाँग लिया है; देखा कि एक पूरा का पूरा देश भागा चला जा रहा है; देखा कि..."

"श्रीमान!" मैंने उन्हें टोका।

वे रुक गए, बोलना बन्द कर मेरे चेहरे पर निगाहें टिका दीं। मैंने

कहा, "ये तस्वीरें तो पूरी दुनिया देख रही है, श्रीमान; कोई और तो आपकी तरह विचलित और बेचैन नहीं हो रहा।"

"ऐसी तस्वीरें मैंने पहले भी देखी थीं, श्रीकान्त मगर अब जो ऐसी तस्वीरें देखता हूँ तो लगता है कि मैं अपनी मृत्यु के बाद की तस्वीरें देख रहा हूँ, और तब मैं..."

वे चुप हो गए तो मुझे बोलना पड़ा, "और तब?"

"और तब," उन्होंने सुनाया, "देखता हूँ कि भीड़ के साथ कोई नंगी बच्ची नहीं, एक नंगा बच्चा भाग रहा है, और वह है मेरा मयंक।"

"श्रीमान," मैंने कहा, "मैं नहीं कह सकता, यह अच्छा हुआ या बुरा कि एक मयंक ने आपको संसार के सारे असहाय, रोते-कलपते बच्चों के साथ जोड़ दिया; यह मैं जरूर कहना चाहूँगा कि आप उस ईश्वर पर भरोसा करें जो आदमी से अभी भी निराश नहीं हुआ है और नित नए बच्चों को जन्म दे रहा है इस संसार को बदलने के लिए, बेहतर बनाने के लिए।"

उनके होंठों पर तिर्यक मुस्कराहट तैर गई।

"ईश्वर पर भरोसा!" वे भूल गए कि कुछ ही दिन पहले उन्होंने ईश्वर पर भरोसा की बात कही थी और आज उस भरोसे को तहस-नहस करते हुए बोल रहे थे, "उस ईश्वर पर जिसकी वजह से बच्चों का वध हो रहा है, दुनिया में भगदड़ मची हुई है? किसी ईश्वर पर भरोसा नहीं किया जा सकता। कोई ईश्वर इस दुनिया को नहीं बदल सकता। ईश्वर तो अपराधी है। आदमी ही इस दुनिया को बदल सकता था मगर अब आदमी तो रहा नहीं आदमी। किसी में संवेदना बची ही नहीं। किस दुनिया में है मेरा मयंक कि उसकी नानी तक उसे मरा देखना चाहती है?" कुछ रुककर वे पूछ बैठे, "क्या आप ऐसी कहानियाँ लिखते हैं जो आपके पाठकों को संवेदनशील बनाएँ?"

"इसका जवाब तो मैं, श्रीमान, नहीं दे सकता।"

"अभी आप मेरे और किसी भी प्रश्न का जवाब नहीं दे सकते," बोलते हुए उठ खड़े हुए वे, "अब मैं चलता हूँ। आपका बहुत समय खाया और आपको थका भी दिया। मैं बस इतना भर चाहता हूँ कि आप कोई ऐसी कहानी लिखें जो मयंक की नानी और इस नानी की पूरी दुनिया को

बदल दे। आप ऐसी कहानी लिखें कि मेरा मयंक हर किसी का प्यार पा जाए। आप लिख सकते हैं ऐसी कहानी, ऐसा मुझे विश्वास होने लगा है।

अब तक पत्रिकाओं में मेरी कुछ कहानियाँ छप चुकी थीं मगर यह संकोच ही था मेरा कि मैंने किसी पर यह प्रकट होने नहीं दिया था कि मैं कहानियाँ लिखता हूँ। एक दिन जब मैं 'श्रीमान्' को अपने कमरे में बैठाकर उनके लिए चाय बनाने गया तो वे मेज पर पड़ी कुछ पत्रिकाओं को उलट-पलटकर देखने लगे थे। उनमें मेरी कहानियाँ छपी हुई थीं।

मेरे आते ही उन्होंने कहा, "आप तो कहानीकार हैं, श्रीकान्त। कभी मुझे बताया नहीं?"

"मैं कहानियाँ लिख तो रहा हूँ, श्रीमान," मैं बोल गया, "मगर अभी अपने को कहानीकार मानता नहीं।"

"क्यों?"

"कुछ अच्छी कहानियाँ लिख लूँगा तो मान लूँगा अपने को कहानीकार।"

वे जोर-जोर से हँस पड़े और कहा, "मैं इन पत्रिकाओं को ले जाता हूँ। इन्हें पढ़कर बताऊँगा कि आप कैसी कहानियाँ लिख रहे हैं।"

मैं मुस्कराकर रह गया था।

श्रीमान मेरी कहानियों के नियमित पाठक बन गए थे।

पूर्णिया में कदम रखने के पहले मैं पूर्णिया के बारे में उतना ही जान रहा था जितना यह कहावत कहती थी—'जहर खाओ न माहुर खाओ, मरने का हो तो पूर्णिया जाओ'। इसके बाद कुछ और भी जानने की मैं कोशिश करता क्या? मगर मेरा भाग्य मुझे पूर्णिया खींच लाया। यह मेरा सौभाग्य था।

मुझे पूर्णिया के एक महाविद्यालय से नियुक्ति-पत्र प्राप्त हुआ था और दुर्भाग्य का मारा मैं इस मौके को गँवा देने की स्थिति में नहीं था। मन को

यह कहकर मनाया कि कहावत बहुत पुरानी है और किसी महाविद्यालय की स्थापना किसी जहर-माहुर वाली जगह में नहीं हुई होगी।

पत्र पाने के दूसरे ही दिन मैं पूर्णिया के लिए रवाना हो गया।

महाविद्यालय में मेरे विभागाध्यक्ष अमरनाथ बाबू थे, डॉ. अमरनाथ भगत। पहले ही दिन उनके साथ लम्बी बातचीत हुई और शुरू में ही मैंने जान लिया कि वे भी मेरी तरह पटना कॉलेज और पटना विश्वविद्यालय के छात्र रहे हैं और मेरी ही तरह वे भी जैक्सन छात्रावास में चार साल रहे थे। इस डोर से हम दोनों ही उसी दिन बँध गए और हमारे बीच एक अटूट सम्बन्ध स्थापित हो गया।

एक डर मेरे अन्दर आ बैठा था कि पूर्णिया आकर मैं किसी बीमारी की गिरफ्त में न आ जाऊँ। संकोच तो हुआ मगर मैं पूछ बैठा, "श्रीमान, यहाँ मैं किस-किस दवा का सेवन प्रारम्भ कर दूँ?"

"किस-किस दवा का सेवन!" अमरनाथ बाबू ने अबूझ निगाहों से मेरी ओर देखा, "मैं समझा नहीं।"

"पूर्णिया में रहते हुए कुछ दवाओं का सेवन जरूरी है न?"

"यह खयाल आपके दिमाग में क्यों आया कि पूर्णिया में आते ही दवाओं का सेवन प्रारम्भ कर देना है?"

मैं कुछ सकुचाया; थोड़ी देर चुप रहकर बोला, "कुछ जानकार लोगों से यह सुनने को मिला था कि पूर्णिया में स्वस्थ रहने के लिए कुछ दवाओं का सेवन करते रहना जरूरी है।"

"क्यों जरूरी है?"

"मुझे बताया गया था कि यहाँ के कमजोर पानी में कुछ दवाएँ लेनी ही पड़ेंगी, नहीं तो..."

"नहीं तो क्या?"

"नहीं तो स्वास्थ्य बिगड़ता चला जाएगा, सिर के बाल धीरे-धीरे सफेद होने लगेंगे और साल-दो साल में ही दो-चार दाँत टूटकर गिर जाएँगे।"

श्रीमान ठठाकर हँस पड़े और देर तक हँसते रह गए। जब हँसी थमी तब वे बोले, "यहाँ की जलवायु कभी रही होगी खराब, अब नहीं। कभी यहाँ मलेरिया का प्रकोप था, अब वह भी नहीं रहा। अब यहाँ भी उतने ही और वैसे ही मच्छड़ हैं, जैसे किसी और इलाके में हैं। और जगहों की तरह यहाँ भी लोग रोग हो जाने पर ही इलाज कराते हैं और तब दवा खाते हैं। जान लीजिए कि पूर्णिया में पहलवान पैदा होते रहे हैं और पूर्णिया पहलवानों का गढ़ माना जाता रहा है। अभी भी आपको यहाँ के मेले की कुश्तियों में बड़े-बड़े पहलवान दिख जाएँगे।"

मैंने राहत की साँस ली और कहा, "मैं तो बहुत डरा हुआ था, श्रीमान।"

"मैं तो आपको यह सलाह दूँगा, एक अच्छी सलाह, कि जितनी जल्दी हो, आप यहाँ जमीन खरीदकर घर बना लें। जमीन सस्ती है यहाँ, दो-तीन सौ रुपये कट्ठा। फूस का घर बहुत सस्ते में बन जाएगा। जब तक अपना घर नहीं बन जाता, तब तक किसी लॉज में रह लें आप; मैं प्रबन्ध कर देता हूँ।"

श्रीमान की सलाह रास आई मुझे।

पूर्णिया के पहले रविवार की पहली शाम मैं पूर्व निर्धारित समय पर श्रीमान के घर जा पहुँचा। वे घर में मौजूद थे। शायद वे मेरी प्रतीक्षा ही कर रहे थे।

श्रीमान के घर जाने के पूर्व ही मेरे दिमाग में उनके घर का एक नक्शा बन गया था। उनके घर का यह नक्शा मुझे हाल ही में पढ़े एक उपन्यास से मिला था। मुझे लगा था कि उनका घर एक किसान के घर जैसा दिखेगा और घर पर वे मुझे कुछ लोगों से घिरे हुए और उनसे बतियाते नजर आएँगे।

उपन्यास में एक कस्बाई कॉलेज के प्राध्यापक का चित्रण था। ये प्राध्यापक तो थे मगर पढ़ने-पढ़ाने से इनका वास्ता बहुत कम ही रहता था। न विद्यार्थियों को ठीक से पढ़ाना होता था, न ये खुद अखबार के सिवा कुछ और पढ़ते थे। एक बार किसी ने पूछा था इनसे कि ये कौन-कौन-सी पत्रिकाएँ पढ़ते हैं, तब इन्होंने जिन पाँच पत्रिकाओं के नाम लिये, उनमें से

दो पत्रिकाएँ दस साल पहले बन्द हो चुकी थीं। ये घर का काम निपटा लेने और जन-मजदूर को काम पर रवाना कर देने के बाद ही देर-सबेर कॉलेज जाते थे। अपना कोई काम हर्ज न हो, इसलिए रोज जाते भी नहीं थे। हाँ, जब कॉलेज में उत्तर पुस्तिकाओं की जाँच चल रही हो, तब ये लापरवाही नहीं बरतते थे। इनका दूध बेचने का भी धन्धा था और ये गोबर-गोयठा की बिक्री तक का पक्का हिसाब रखते थे। हड़ताल या किसी उपद्रव के कारण कॉलेज बन्द हो जाता तो इन्हें बेहद खुशी होती। ये ईश्वर से मनाते कि बोआई और कटाई के समय कुछ ऐसा हो कॉलेज में कि उन्हें खेती के लिए पूरा समय मिल जाए।

श्रीमान के घर का नक्शा तो उपन्यास के नक्शे से बिलकुल अलग था।

उन्होंने अपने कमरे में ही मुझे बुला लिया।

कमरे में मैं घुसा तो दंग रह गया। चारों तरफ किताबें ही किताबें। कई आलमारियाँ ठसाठस भरीं। यह प्राध्यापक तो उस उपन्यास का प्राध्यापक नहीं है! मैंने सोच लिया कि पूर्णिया में रहते हुए मुझे कभी इतिहास की कोई पुस्तक खरीदने की जरूरत नहीं पड़ेगी।

उन्होंने मुझे एक खाली कुरसी पर बैठाया। उस समय वे भी एक कुरसी पर ही बैठे हुए थे। एक छह-सात साल का बच्चा बिस्तर पर लेटा हुआ था और एक लय में बिस्तर पर अपनी टाँगें पटक रहा था। बच्चे ने मुझे देखा जरूर मगर मेरे आने का कोई असर नहीं लिया और अपनी धुन में मस्त रहा। इसी समय बाहर से आवाज आई, "मयंक! आ जा।" यह हाँक बच्चे के लिए लगाई गई थी मगर इस पर बच्चे ने जरा भी ध्यान नहीं दिया। कुछ देर बाद 'श्रीमान्' की बेटी शुभांगिनी कमरे में आई और मयंक को उठने के लिए कहा। मयंक झट उठ गया और शुभांगिनी उसे साथ लेकर चली गई।

उस दिन हमने अपने-अपने परिवार के बारे में बातचीत की।

अमरनाथ बाबू अपने घर में अपनी पत्नी, बेटी और छोटे बेटे हेमन्त के परिवार के साथ रह रहे थे। मयंक हेमन्त का ही बड़ा बेटा था। अमरनाथ

बाबू का बड़ा बेटा जयन्त दिल्ली में किसी प्रकाशन संस्थान में काम करता था और वहीं दो कमरों का एक मकान खरीदकर अपने परिवार के साथ रह रहा था। उसका घर आना साल-दो साल में ही हो पाता था। हेमन्त गाँव की खेती सँभालता था और खेती के समय अपने दोनों बच्चों को दादा-दादी के पास छोड़कर लम्बे समय के लिए अपनी पत्नी वीणा के साथ गाँव चला जाता था जो वहाँ से करीब पचास किलोमीटर दूर था।

जब बातचीत का अन्त हो रहा था तो उसी समय मयंक फिर हमारे कमरे में आ गया। 'श्रीमान्' ने उसे पकड़कर अपनी गोद में बैठा लिया और बोलने लगे, "मैंने अपने जीवन में कभी संघर्ष नहीं किया है। मेरी जिन्दगी आराम से गुजरी है। मेरे सामने कभी कोई समस्या ही नहीं आई। पत्नी दमा की मरीज तो है, कभी-कभी तेज दौरा पड़ता है और परेशानी होती है मगर हम दोनों उसे आराम से झेल रहे हैं। अब जाकर एक विकट समस्या आ खड़ी हुई है। मेरा यह पोता," मयंक के सिर पर हाथ फेरते हुए कहा उन्होंने, "विकलांग है, मानसिक विकलांग। मैं नहीं जानता कि मैं," यहाँ तक आते-आते उनकी आवाज कुछ थरथरा गई थी, "निश्चिन्त प्राण त्याग पाऊँगा या नहीं।"

उनकी बात सुनकर मैं तो सिहर उठा। अब तक यह जरूर मुझे लगा था कि बच्चा कुछ असामान्य है मगर यह नहीं कि वह विकलांग है। 'श्रीमान्' की थरथराती आवाज से भय खाकर मैंने उनके पास अब और अधिक रुकना मुनासिब नहीं समझा। मैंने यह महसूस किया कि इस समय मुझे कुछ ऐसा बोलना चाहिए जो हमदर्दी भरा हो और उनकी चिन्ता और दुख को कुछ कम कर दे मगर जल्दी में कुछ सूझा ही नहीं कि क्या बोलूँ। मैं उठ खड़ा हुआ और उनसे विदा माँगी।

जब मैं 'श्रीमान्' के कमरे में घुसा था तो अपने जूते बाहर ही छोड़ आया था। अब जब मैं कमरे से बाहर आया तो देखा कि मेरे जूते अपनी जगह से नदारद हैं। मैं ओसारे पर चारों ओर अपनी नजर दौड़ाने लगा कि जूते कहाँ गए, यह अच्छी तरह याद करते हुए कि जूते मैंने कहाँ रखे थे। मेरे पीछे 'श्रीमान्' भी बाहर निकल आए थे। उनकी नजर मुझ पर पड़ी तो वे पूछ बैठे, "क्या ढूँढ़ रहे हैं?" जब मैंने कुछ सकुचाते हुए बताया कि

मैंने जूते यहाँ खोले थे तो उन्होंने बेटी को हाँक लगाई और मेरे गायब हो गए जूते के बारे में पूछा। शुभांगिनी हँसकर मेरे जूते लाने चली गई। उसने मेरे जूते छिपाकर रख दिए थे।

चलते-चलते 'श्रीमान्' ने बताया कि मयंक के डर से शुभांगिनी ने मेरे जूते सुरक्षित जगह पर रख दिए थे। बाद में तो जूते-चप्पल के कितने ही मजेदार किस्से सुनने को मिले थे। मयंक की यह आदत थी कि जो जूते-चप्पल लोगों के पैर में नहीं होते थे, उन्हें वह उठाकर बाहर सड़क की ओर फेंक दिया करता था, या किसी पड़ोसी के घर की ओर या अपने ही घर के किसी कोने में। ये जूते-चप्पल भी तुरन्त मिल जाते थे, कभी पाँच-दस दिन बाद और कुछ कभी नहीं।

दूसरे रविवार की शाम श्रीमान ने मयंक के जन्म की कथा सुनाई थी...

"एक बात मैंने आज तक किसी से नहीं कही है, आज आपसे कह रहा हूँ। मयंक के जन्म के पहले ही मुझे यह आशंका हो गई थी कि शायद पैदा होने वाला बच्चा विकलांग हो।"

प्रश्न मेरी आँखों में आ गया था मगर जबान पर नहीं आया। वे आगे बढ़े, "बहू को टी.वी. देखने का भयंकर शौक था और वह बहुत निकट से रंगीन टी.वी. देखा करती थी। मैंने कितनी ही बार उसे सुनाकर अपनी पत्नी और बेटी को मना किया था टी.वी. से सटकर बैठने से। उम्र की कच्ची बहू ने मेरी बात का जरा भी असर नहीं लिया। मेरी चेतावनी पर शायद वह कुछ चिढ़ी ही होगी।

"घर के सारे लोग यही मानते हैं कि प्रसव के दौरान डॉक्टरनी की गलती से मयंक विकलांग हुआ है; डॉक्टरनी ने गलत ढंग से चिमटी से बच्चे को बाहर खींचा था।"

थोड़ी देर तक गुमसुम रहे वे और फिर कहने लगे, "मैं अब नहीं कह सकता कि वह कौन-सा क्षण था, जब मयंक मेरे दिल में उतर आया था। मैं तो उससे दूर-दूर था पर कैसे तो वह बिलकुल मेरे पास आ गया। ऐसा होता है कि बच्चा कभी-कभी माँ-बाप से अधिक दादा-दादी के करीब

हो जाया करता है पर मेरे लिए मयंक सिर्फ पोता नहीं रहा और उसके लिए मैं सिर्फ दादा नहीं। यह जानते हुए कि वह कभी मुझे नहीं जान पाएगा, कि मैं कभी उसकी स्मृति में नहीं रहूँगा, कि कभी वह मुझे दादा कहकर पुकारेगा भी नहीं, वह इस तरह मुझमें समा गया जैसे कि मेरे प्राणों से जुड़ गया हो। मेरी जान उसमें बसने लगी थी।

"क्या ऐसा इसलिए हुआ कि वह विकलांग निकल गया? इसका जवाब मेरे पास नहीं है। मगर यह विश्वास हो चला था मुझे कि उसमें मेरा सौभाग्य बसता है। वह अक्सर तीन-चार बजे सुबह में ही जग जाया करता था और तब से ही अपनी आवाज से लोगों को जगाना शुरू कर देता था। जब वह दादी के पास सोया करता था तो मैं जब कभी उसके पास जाता, वह हँसते हुए ही मेरी ओर बढ़ जाता। कभी-कभी दोपहर रात में भी मैं उसे पेशाब कराने के लिए उठाता था। वह मेरी एक आवाज पर जाग जाता और फिर हँसते हुए ही मेरा स्वागत करता। अब जब कभी वह हमारे साथ पूर्णिया में होता है, मैं सुबह-सुबह उसके दर्शन करता हूँ, ताकि मेरा पूरा दिन हँसी-खुशी से भरा रहे।

"हमने भरसक प्रयास किया कि इसकी विकलांगता दूर की जाए। हम उसे लेकर दिल्ली एम्स में भी गए थे। वहाँ हमें बताया गया कि बच्चे में विकास तो होगा मगर बहुत धीरे-धीरे। हमें यह सुनकर राहत तो हुई थी मगर ऐसा कुछ हुआ नहीं। हमने राँची और पटना के कुछ और विशेषज्ञों से भी दिखाया था मयंक को मगर कोई विकास नजर नहीं आया हमें। अब हम किसी इलाज से लगभग निराश हो चुके थे। उसके बाद भी हम डॉक्टर-वैद्य के पास जाते रहे थे, हेमन्त और वीणा ने गाँव में कुछ झाड़-फूँक कराई हो मगर कभी कोई आशा नहीं बँधी थी।"

"**उस** दिन," कमरे में घुसते-घुसते श्रीमान चालू हो गए थे, "मैंने आपसे कहा था कि मैं तो मयंक से बहुत दूर-दूर था, उसकी छठी तक का वृहत् आयोजन उसकी दादी ने बिलकुल अपने बल पर किया था और उस आयोजन में मेरी रत्ती बराबर हिस्सेदारी नहीं थी पर पता नहीं वह कौन-सा

क्षण था, जब मयंक मेरे दिल में उतर आया था। उस दिन मेरा दिमाग बिलकुल खाली था। आज मैं यह कह सकता हूँ, वह कौन-सा क्षण था, कब मयंक मेरे प्राणों में समा गया था।"

मैं मुस्कराया भर था।

वे आगे बढ़े, "मैं आपके पास से चला था तो यह सवाल मेरे साथ-साथ चला और लगातार मुझे कोंचता रहा। मेरे अवचेतन में ढेर सारे दृश्य थे जो धीरे-धीरे मेरे सामने प्रकट होने लगे थे।

"बचपन का मेरा एक साथी था घनश्याम। उसका दादा काफी बूढ़ा था, बहुत कमजोर और बहुत दुबला-पतला भी। वह लड़खड़ाकर चलता था, लड़खड़ाते हुए दूर-दूर तक निकल जाता था, दिशा-मैदान के लिए गाँव के एक किनारे लत्ती साह के बगीचे तक मगर किसी का सहारा नहीं लेता था। सहारे के लिए वह हमेशा एक लाठी रखता था अपने साथ।

"एक दिन एकाएक बहुत जोर की आँधी आई थी। मैंने घर की खिड़की से देखा कि उस भयंकर आँधी में, जब गाँव के सारे लोग अपने-अपने घर में छुपे बैठे थे, घनश्याम सड़क पर दौड़ा चला जा रहा है। मैं अचरज से उसे देखता रह गया था।

"बाद में मेरे पूछने पर उसने बताया था, 'दादा और दिनों की तरह आज भी दिशा-मैदान के लिए निकले थे। वे आँधी में फँस गए। मैंने पिताजी से पूछा कि दादा को देख आऊँ तो उन्होंने मुझे आँधी में निकलने से मना किया और बोले कि वे आ जाएँगे। मुझे पूरा विश्वास था कि आँधी ने दादा को जमीन पर सुला दिया होगा या उन्हें उड़ा ले गया होगा। बलुआ गाँव का किस्सा है। मेरे दादा की तरह का ही एक बूढ़ा ऐसी ही एक आँधी में घर के बाहर फँस गया था और आँधी ने उसे उड़ाकर एक कोस दूर जमीन पर पटका था। मैंने पिताजी की बात नहीं मानी और दादा को ढूँढ़ने निकल गया। देर तक मैं लत्ती साह के बगीचे मे 'दादा..दादा' चिल्लाता रहा था और बहुत देर के बाद देखा, पहले उनकी लाठी और कुछ दूर एक गाछ के नीचे सुटके हुए दादा।'

"उस दिन तो नहीं पर आज मुझे अपने दादा की याद आ रही है, श्रीकान्त जो मेरे जन्म से पहले गुजर गए थे। काश, मेरे दादा रहते और

आँधी-पानी मे मैं 'दादा-दादा' चिल्लाते हुए घर से बाहर दौड़ पड़ता! आज कितना सुख मिलता मुझे!

"नहीं मिला वह सुख तो क्या अब यह सुख भी मुझे नहीं मिले? मैं दादा हो गया हूँ; पोता मेरे साथ है। आँधी-पानी में, घर के बाहर, चीख-चिल्लाकर, नहीं बोले वह 'दा..दा..दा..दा..', कभी मेरे कानों में फुसफुसाकर ही कहे, 'दादा..दा..."

आवाज उनकी इस तरह थरथरा गई थी, आँखें ऐसी नम हो गई थीं कि मैं डर गया था, कहीं वे रो न पड़ें, फफक-फफककर...।

ऐसा कुछ नहीं हुआ। वे धीरे-धीरे सँभले, सहज हुए और फिर सुनाने लगे, "मेरे गाँव में एक सदानन्द मिश्र थे। उनके घर साल में एक या दो बार नवाह होता था, नौ दिनों तक चलनेवाला रामायण का पाठ। घर के सारे लोग इसमें हिस्सा लेते थे और पाठ के लिए बाहर के लोगों को भी अमंत्रित किया जाता था। सदानन्द मिश्र का एक दस साल का पोता था जिसकी नवाह में जरा भी रुचि नहीं थी और वह हमेशा भागा-भागा रहता था।

"एक दिन दादा ने उसे पकड़ा और कहा कि सौ-पचास चौपाइयों का पाठ हर रोज उसे भी करना है।

"पोता इनकार कर गया, 'मैं यह कठिन काम नहीं कर सकता, दादा। मैं गड़बड़ा जाऊँगा, कुछ का कुछ पढ़ दूँगा। लोग सुनेंगे तो हँसेंगे मुझ पर। मुझ पर जोर मत डालिए, दादा।'

"दादा बोला, 'तुम छठी कक्षा के विद्यार्थी हो। लोग हँसेंगे कि तुम रामायण भी नहीं पढ़ सकते। तुम ध्यान से पढ़ना, मैं तुम पर ध्यान रखूँगा।'

"पोते का जवाब था, 'उतनी देर मैं कहीं और खेल-कूद लूँगा तो मजा आएगा मुझे। यहाँ क्या मिलेगा?...रामा हो रामा...रामा हो रामा...'

"दादा हँस पड़े और बोले, 'क्या चाहिए तुम्हें?'

"'पाँच पन्ने पढ़ूँगा और एक टका लूँगा।'

"'मंजूर।'

"अगर मयंक कभी," श्रीमान ने सदानन्द मिश्र का किस्सा समाप्त कर मुझसे कहा, "पढ़ने लायक हो जाए तो मैं भी अपने घर में नवाह-पाठ

कराऊँगा और पाठ के दूसरे दिन ही मयंक से कहूँगा, 'रे पोतू, महँगाई बहुत बढ़ गई है। एक टका देना मुनासिब नहीं लगता; अब रोज तुम्हें दो टके मिलेंगे।'

"ऐसा हो सकता है, श्रीकान्त?... हो तो सकता है। होगा?...कभी होगा?"

"ईश्वर करे, ऐसा हो।"

श्रीमान एकटक मेरे चेहरे को देखते रहे, देर तक सूनी निगाहों से देखते रहे और फिर कहा, "दादा-पोता का और एक किस्सा सुना ही दूँ...

"गाँव से एक नौकर लेकर आया था मैं। दो-चार दिन हुए होंगे, तब एक दिन दोपहर में मैंने देखा कि वह बरामदे में चुपचाप बैठा रो रहा है। मैं घबरा गया और उससे पूछा, 'इनरदेव, क्यों रो रहे हो?'

"मेरे कई बार पूछने के बाद उसका जवाब आया था, 'मालिक, मैं गाँव जाऊँगा।'

"मुझे अचरज हुआ था उसके जवाब पर। वह खुशी-खुशी पूर्णिया आना चाह भी नहीं रहा था। गाँव की मस्ती, दिन-रात की धमाचौकड़ी, खेत-बहियार की सैर, संगी-साथियों के झुंड में नहर की ओर जाना और नहर में नहाना, सुबह-शाम कबड्डी, किसी के बाग-बगीचे में घुसकर चोरी से फल-मूल तोड़ लाना—ये सब आकर्षण हैं गाँव के जो गाँव के बच्चों को गाँव से बाहर निकलने नहीं देते। यह सब मैं जान रहा था मगर मैं यह भी जान रहा था कि दो-चार दिनों में ही उसका मन यहाँ रम जाएगा, जब उसे लगेगा कि काम तो यहाँ कुछ भी नहीं है, खाने को यहाँ बराबर ऐसा कुछ मिलता रहेगा जो वह गाँव में सिर्फ किसी के भोज में ही खा पाता था, यहाँ दिन-रात टेलीविजन देखने को मिलेगा, पहनने को अच्छे कपड़े मिलेंगे, तेल-फुलेल मिलेंगे सिर में चुपड़ने के लिए, और...और भी बहुत कुछ। मेरे ढेर सारे परिचित थे, जिनके पास गाँव के बच्चे नौकरी कर रहे थे और बरसों से रह रहे थे, बगैर कभी गाँव जाने की जिद किए हुए।

"मैंने उससे पूछा, 'यहाँ कोई तकलीफ है?'

"'नहीं।'

"'किसी ने कुछ कहा है?'

"'नहीं।'

"'तो क्यों जाना चाहते हो गाँव?'

"'दादा को छोड़कर आया हूँ; मेरे बिना दादा...।'

"'दादा' के आगे वह कुछ नहीं बोल सका; रोने लगा फफककर। उसके बाद मैंने उससे कुछ नहीं पूछा, श्रीकान्त; उससे कहा, 'चुप हो जाओ। कल सुबह ही मैं गाँव पहुँचा देता हूँ तुम्हें।"'

श्रीमान चुप हुए और मुझे लगा कि अब इनके पास 'दादा' का कोई और किस्सा नहीं है या अभी कोई और दादा या पोता याद नहीं आ रहा है, नहीं तो शाम तक, देर रात तक, सुनाते रह जाते किस्से पर किस्से और बीच-बीच में पूछ लिया करते, 'आप ऊब तो नहीं रहे हैं, श्रीकान्त?'

दादा का तीसरा किस्सा सुनाने के बाद भी वे कुछ देर रुके और जाने के पहले सुनाया, "अब मैं बता दूँ आपको कि वह कौन-सा क्षण था, जब मयंक मेरे दिल में उतर आया था। यह वही क्षण था जब मुझे पता चला कि मयंक इस धरती पर आने वाला था। इस क्षण का एहसास मुझे भले न हुआ हो पर क्षण वही था। हर दादा के साथ यही होता है, श्रीकान्त; एहसास भले न हो पर पोता उतर आता है दादा के दिल में। यह तो आपने भी सुना ही होगा कि मूल से अधिक प्यारा सूद होता है।"

पूर्णिया पहुँचने के दो महीनों के अन्दर श्रीमान के सहयोग से मुझे दो कट्ठे जमीन उनके आवास के निकट ही मिल गई और अगले पन्द्रह दिनों में श्रीमान के छोटे बेटे हेमन्त की मदद से उस जमीन पर मैंने फूस का एक छोटा-सा घर खड़ा कर लिया। अब रविवार का बन्धन नहीं रहा। श्रीमान मेरे घर आने लगे और मैं उनके घर कुछ अधिक ही जाने लगा।

एक कथा जिसका आधा उन्होंने अपने आवास पर सुनाया था, उसका शेष आधा उन्होंने मेरे आवास पर पूरा किया। अपनी आधी सुनाई कथा में उन्होंने जोड़ा, "मयंक के जन्म के दो वर्ष भी पूरे नहीं हुए थे कि सुधीर

पैदा हो गया। अब तक तो वीणा का पूरा ध्यान अपने विकलांग बेटे पर ही था मगर अब उसका ध्यान उसके इस दूसरे बेटे ने बाँट लिया। मेरी पत्नी जो मयंक के जन्म से ही उससे जुड़ी हुई थी, अब उससे कुछ अधिक ही जुड़ गई। वीणा की विवशता देख उसने मयंक पर अपना पूरा ध्यान देना शुरू कर दिया था। अब मयंक अपनी माँ के पास कम और दादी के पास अधिक रहने लगा था।

"मैंने सुना था और पढ़ा भी था कि ऐसे बच्चों को प्यार और हमदर्दी चाहिए। मैंने चाहा था कि हमारे घर में मयंक को भरपूर प्यार मिले। मिला भी इस बच्चे को भरपूर प्यार, सिर्फ मेरे घर में ही नहीं, मेरे मोहल्ले में भी, उन सब से भी जिनका कभी एक बार भी मेरे घर आना हुआ है।

"पूरा मोहल्ला उसे प्यार करता है। मैं जब भी मयंक को साथ लेकर बाहर निकलता हूँ, हर एक की निगाह हम दोनों पर टिक जाती है। अगर कभी मेरी निगाह किसी की निगाह से टकराई है तो मैंने स्पष्ट उसकी आँखों में मयंक के लिए प्यार और हमदर्दी देखी है। जिस बच्चे को उसका दादा इतना प्यार करता हो, वह बच्चा किसी के लिए भी प्यार करने लायक है। मैं अच्छी तरह जान रहा हूँ कि मेरे प्यार को देखकर भी उनका प्यार उमड़ पड़ता है इस बच्चे के लिए।

"एक बार किसी बच्चे ने मयंक को देखकर एक दूसरे बच्चे से बोल दिया, 'यह पगला है।' किसी तीसरे बच्चे ने मेरे घर आकर मेरी पत्नी को यह बता दिया तो पत्नी आग बबूला हो गई। मैंने उसे शान्त किया, 'गुस्सा पी जाओ, शोभा। ऐसा तो हमें कितनी ही बार कितनों के ही मुँह से सुनना पड़ेगा। तुम कह भी तो नहीं सकती कि यह बिलकुल झूठ है। मयंक की हरकतें तो ऐसी होती ही हैं जो सामान्य बालकों की हरकतें नहीं हो सकतीं।' शोभा रुआँसी हो उठी थी। मगर उसके दूसरे ही दिन उसका दिल इस बात से भर आया कि मोहल्ले की औरतें भी उसके मयंक को बहुत प्यार करती हैं। कौन बच्चा मयंक को क्या बोला, यह बात पूरे मोहल्ले में फैल गई थी। मोहल्ले की कितनी ही औरतें उस बच्चे के घर पहुँच गई थीं इसका विरोध करने और हमें पता चला कि बच्चे की माँ ने बेटे की पिटाई तक कर दी थी। मुझे यह विश्वास हो चला है कि अगर कभी मयंक कहीं खो गया तो

उसे ढूँढने के लिए एक अकेले मेरे घर से नहीं निकलेंगे लोग, मोहल्ले के हर घर से कोई न कोई निकल पड़ेगा।

"मयंक को आदत है दीवार के पार गली में बरतन-बासन या कपड़ा-लत्ता फेंकने की। ऐसा होता है कि कभी-कभी हममें से कोई भी मयंक को सामान फेंकते नहीं देखता। तब भी ऐसा कभी-कभी ही हुआ है कि गली से गुजरते हुए कोई मोहल्ले का आदमी फेंका हुआ सामान उठाकर अपने घर ले गया है। कोई न कोई सामान उठाकर पहुँचा देता है हमारे घर के अन्दर। ऐसा जरूर हुआ है कि कोई बच्चा सामान उठाकर घर ले गया है और उसकी माँ हमें लौटाने नहीं आई है। घर का कोई सामान गायब होता है तो हम मान लिया करते हैं कि मयंक ने फेंक दिया होगा। यह मानकर भी कि वह सामान मोहल्ले के ही किसी न किसी घर में होगा, हम उसकी तलाश नहीं करते, कोई पता नहीं लगाते कि वह किस घर में हो सकता है।

"मैं ऐसा पहले भी नहीं करता था; मगर शोभा अभी भी करती, अगर इस घर में मयंक नहीं होता।

"मयंक घर से बाहर निकलने के लिए बेताब रहता है। ऐसा शायद इसलिए भी होता है कि एक मेरे सिवा और कोई उसे बाहर घुमाने नहीं ले जाता। दादी के साथ वह कभी-कभी बाहर निकलता रहा है पर दादी का खुद ही बाहर निकलना बहुत कम होता है। और इधर तो वीणा के लिए भी एक बहाना हो गया है कि मयंक उसके वश में नहीं रहता और अब वह इतना मजबूत हो गया है कि उसे अपने साथ सँभाले रखना सम्भव नहीं है। ऐसा कभी-कभी मेरे साथ भी हो जाता है। यों तो घर से बाहर होते ही मयंक घर का मयंक नहीं रहता, बिलकुल एक पुतले की तरह हाथ पकड़े चलता है। भय से अपना सिर तक ऊपर नहीं उठाता और अगर उससे हाथ छुड़ा लिया जाए तो हाथ छुड़ाने पर जिस हाल में उसका हाथ रहता है, उसी हाल में वह आगे भी रखे रहता है, भले ही उस तरह घंटों गुजर जाए। मगर कभी-कभी वह पहली बार शहर-बाजार आए बैल की तरह भड़कता भी है। ऐसा तब अक्सर होता है, जब कोई तेज आवाज होती है या लाउडस्पीकर बजता है, या बहुत भीड़ में घुसना होता है, या किसी मकान के अन्दर जाना होता है। मैं अक्सर उसे ऐसी जगहों में उसका भय

भगाने के लिए ले जाता हूँ पर कई बार मुझे भी हार माननी पड़ी है, जब वह इतनी मजबूती से अपना हाथ छुड़ाने लगता है कि उस पर काबू करना मेरे लिए सम्भव नहीं हो पाता।

"उसे साथ ले चलने में और भी कई परेशानियाँ हैं। सड़क पर वह सामने की ओर देखकर नहीं चलता, प्राय: दाएँ या बाएँ देखते हुए चलता है। इससे उसके पैरों का गड्ढे या पानी में पड़ जाने का हमेशा डर रहता है। यह जरूरी हो जाता है कि उसे गड्ढे या पानी से बचाए रखने के लिए हमेशा सतर्क रहा जाए। इसके लिए जब-तब उसे एक झटके से खींचना पड़ता है। यह तो होता ही है कि उसे साथ लेकर चलने का मतलब होता है मुसीबत को साथ लिये चलना, और कोई भी, महिलाएँ तो बिलकुल नहीं, मुसीबत को साथ लेकर चलना नहीं चाहता।

"मगर बाहर निकलते ही जो भय मयंक में समाता है, वह बाहर जाने से उसे रोक नहीं पाता। ठीक इसके उल्टा होता है।

"जब मैं घर से बाहर निकलने को तैयार होने लगता हूँ तो मयंक तुरन्त भाँप लेता है कि मैं बाहर निकलने वाला हूँ। मैं जैसे ही अपना पैंट पहनता हूँ, वह खुशी से ताली बजाने लगता है कि अब वह भी साथ जाएगा। वह भी जल्दी से अपने जूते ले आता है और किसी को भी पकड़ता है उसे जूते पहना देने के लिए। बाहर से आने पर वह अपने जूते तो आसानी से खोलकर पलंग के नीचे डाल देता है मगर अपने से वह जूते नहीं पहन पाता। जूते पहनने के साथ उसे यह चिन्ता भी नहीं रहती कि पैंट-कमीज भी पहनना है।

"अगर कभी ऐसा होता है कि मैं बाहर किसी जरूरी काम से जा रहा होता हूँ और उसे साथ ले जाना सम्भव नहीं होता तो उसे धोखा देकर बाहर निकलना होता है। मेरे जाने पर वह घर के सारे कमरों में मुझे ढूँढ़ता है, पलंग के नीचे तक झाँक लिया करता और फिर कुहराम मचा देता है, दीवार से सिर टकराने लगता है और बहुत मुश्किल से शान्त हो पाता है।

"फाटक से बाहर निकलते ही वह मेरी ऊँगली पकड़ लेता और लौटकर वापस घर आने तक मेरी ऊँगली पकड़े रहता। अपनी गली से निकलकर बाहर सड़क पर आते ही वह अपना सिर झुकाता और बिलकुल मूर्ति की तरह मेरे साथ चलता।

"मेरे साथ वह कितनी भी दूर तक पैदल चल सकता है। एक बार उसे जाँचने के लिए मैं उसके साथ काफी दूर निकल गया, करीब तीन-चार किलोमीटर दूर। मैं कुछ-कुछ थक गया था और चाहा कि रंगभूमि मैदान में थोड़ी देर सुस्ता लूँ। मैं वहाँ आकर जमीन पर बैठ गया मगर मयंक ने बैठने का नाम नहीं लिया। वह मेरे सामने खड़ा रह गया। थोड़ी देर सुस्ताकर मैं वहाँ से चला। मेरी इच्छा हो रही थी कि बच्चा थक गया होगा और मुझे रिक्शा ले लेना चाहिए। तुरन्त रिक्शा मिला नहीं या फिर मेरे दिमाग में उसकी ताकत की थाह लेने की बात आ गई, मैं पैदल ही उसके साथ आगे बढ़ता गया। घर तक आते-आते वह थक जरूर गया था, उसकी चाल कुछ सुस्त जरूर हो गई थी मगर घर पहुँचने तक कहीं भी वह रुका नहीं। घर आकर मैंने किसी से भी यह नहीं बताया कि मैंने मयंक को कितना चलाया है। मैं जानता था कि उसकी दादी मुझ पर टूट पड़ेगी कि बच्चे को इतना कष्ट क्यों दिया मैंने; कि जो बच्चा बोल नहीं सकता है, अपना दुख बता नहीं सकता है, उसके साथ ऐसा सलूक क्यों किया मैंने। मैं महसूस कर रहा था कि मैंने अपराध किया है मगर मयंक तो अगले दिन भी मेरे साथ चलने के लिए तैयार खड़ा था।"

मैं जब भी श्रीमान के घर गया, उनको मयंक के साथ अकेला ही पाया। कभी किसी मिलने-जुलने वाले को उनके पास नहीं पाया। और जब भी उनके घर पहुँचा, उनको घर में उपस्थित देखा। ऐसा लगा कि उस घर के बाहर उनका कोई परिचित ही नहीं है। कभी-कभी उनके सम्बन्धी या ग्रामीण आए हुए होते थे मगर उन्हें भी घर के और लोगों के साथ बैठे-बतियाते देखा था, उनके साथ नहीं। मैं यह नहीं जान रहा था कि ऐसा उनका शुरू से ही स्वभाव रहा था या मयंक के कारण उनमें यह स्वभाव आ गया। अब मैं जान रहा था कि क्यों उन्होंने मेरी पहली मुलाकात में मुझे अपने घर चाय पीने के लिए आमंत्रित नहीं किया था।

इधर कुछ दिनों से श्रीमान के दर्शन नहीं हुए थे तो मैं ही उनके घर चला आया था। पहली बार मुझे सुनने को मिला कि वे घर पर नहीं हैं और

कुछ देर पहले ही प्रोफेसर आलम साहब से मिलने गए हैं। मैं लौटने को था कि चाची जी ने मुझे रोक लिया, "चाय पीकर जाइए।"

मैं यों ही कुछ बोलने के इरादे से पूछ बैठा, "किसी काम से गए हैं, या यों ही भेंट-मुलाकात करने?"

"किसी काम से ही गए होंगे," चाची जी का जवाब आया, "ये किसी से मिलने-जुलने तो घर से निकलते नहीं।"

"बिलकुल नहीं निकलते?"

"हाँ, समझिए ऐसा ही; बिलकुल नहीं निकलते," उन्होंने सुनाया, "हमलोग इस मोहल्ले में पिछले तीस साल से रह रहे हैं। पचीस-तीस घर होंगे। किसी एक घर के बारे में भी ये ठीक-ठीक बता नहीं सकते कि उस घर में कौन-कौन और कितने लोग रहते हैं या उस घर के मालिक का नाम क्या है। मैंने कितनी ही बार इन्हें यहाँ के एक-एक घर की पहचान कराई है, घर के मालिक और उसके बीवी-बच्चे के बार में बताया है मगर इन्हें कुछ याद ही नहीं रहता। कहीं आना-जाना हो, लोगों से मिलना-जुलना हो, तब तो कुछ याद भी रहे। एक झबरी-माँ के बारे में उन्होंने पन्द्रह दिनों के अन्दर मुझसे तीसरी बार पूछा, 'यह झबरी-माँ कौन है? किधर है इसका घर?' मैंने तब गुस्से में जवाब दे दिया,'मैं नहीं जानती, कौन है झबरी-माँ? किधर है उसका घर?' कब तक गुस्से में रहती! मैंने तीसरी बार बताया कि कौन है झबरी-माँ और किधर है उसका घर।' किसी के घर शादी-ब्याह के अवसर पर भी नहीं जाते; भोज-भात में भी जाना मंजूर नहीं। उनकी इस कमी को मोहल्ले में मुझे पूरी करनी पड़ती है। शादी-ब्याह में मैं जाती हूँ और भोज खाने भी मैं ही।

"ये मोहल्ले में किसी को नहीं जानते तो इन्हें भी मोहल्ले में कोई नहीं जानता। इनका एक पुराना मित्र इनसे मिलने आया था। मोहल्ले में उन्होंने जिस किसी से भी पूछा कि अमरनाथ बाबू, अमरनाथ भगत का कौन-सा घर है, हर किसी का जवाब यही था कि इस मोहल्ले में 'अमरनाथ' नाम का कोई आदमी नहीं रहता। आप मोहल्ले में किसी 'प्रोफेसर' का पता पूछेंगे, तब लोग इस घर को दिखा देंगे। हाँ, अब कुछ लोग जानने लगे हैं इन्हें 'मयंक के दादा' के नाम से।

"इनका नाता किसी प्राणी से नहीं, केवल किताबों से रहा है। मयंक आया है, तब कहीं किताबों से अपना नाता ढीला किया है इन्होंने। अब पहले मयंक, फिर किताब; उसके बाद कोई और, या कोई नहीं, कुछ नहीं।"

"आप भी नहीं?" मैं हँसकर पूछ डाला।

वे भी हँस पड़ीं, "समझ लीजिए, मैं भी नहीं। किसी जरूरत पर ही 'शोभा! शोभा!"

"यह 'सर' का सौभाग्य है कि आप जैसी घरनी उन्हें मिली हैं। मुझे 'सर' ने ही बताया था कि घर-गृहस्थी के सारे काम आप ही निपटाती हैं।"

"घर-गृहस्थी सँभालने के लिए तो मेरी माँ ने मुझे अच्छी तरह तैयार कर विदा किया था अपने घर से मगर उसने भी कोई ऐसा अजूबा जँवाई कभी गाँव-जवार तक में देखा नहीं था। जब मैं इनके घर आई तो कुछ दिनों तक ये मेरे लिए अचरज बने रहे। मुझे अचरज इस बात का होता था कि जो आदमी पढ़-लिखकर प्रोफेसर हो गया, वह अभी भी इतना क्यों पढ़ रहा है। अचरज इस बात का होता था कि यह कैसा आदमी है जिसे किसी से मिलना-जुलना, बोलना-बतियाना तक पसन्द नहीं। मेरे दो-दो बहनोई थे, साल में दो-दो बार ससुराल आते थे। इनका यह हाल था कि कभी किसी शादी में गए, कभी किसी श्राद्ध में। हिसाब लगाने से दस साल में एक बार। मेरे दोनों बहनोई सास के पास बैठकर घंटों बतियाते थे; मेरी माँ ने कभी इनका ठीक से चेहरा भी नहीं देखा होगा। पढ़ाई से फुरसत मिले, तब तो कहीं आना-जाना हो, किसी से मिलना-जुलना हो, बोलना-बतियाना हो।"

मैं कुछ बोल नहीं पा रहा था, और मुझे कुछ बोलने का समय भी नहीं मिल रहा था।

वे बोलती गईं, "सच-सच बताइए कि आपने कहीं, कभी इनके जैसा आदमी देखा है? आज तक ये अपने लिए कपड़ा खरीदने कभी बाजार नहीं गए होंगे...शोभा! मेरे लिए दो कमीज सिलवा दो...कपड़ा तो आप पसन्द कर लें...मुझे सब पसन्द है; तुम अपनी पसन्द का ले लेना...शोभा! मेरी चप्पल टूट गई है, एक जोड़ा ला देना...आपके पैर लेकर जाऊँगी क्या?... मैं कागज पर पैर छाप देता हूँ..सात नम्बर, सात नम्बर...

"आप जब भी इनके पास आए हैं, अक्सर देखा होगा कि बिस्तर

पर किताबें बिखरी हुई हैं। मुझे रोज ही बिस्तर सरियाना पड़ता है। इनकी मेज पर कभी नजर गई है आपकी? उस मेज पर किताबें हैं, कम्प्यूटर है, च्यवनप्राश की शीशी मिलेगी, दो-चार केले भी मिलेंगे, आईना, दाढ़ी बनाने के सामान, दवा का बक्सा, चाभी का गुच्छा, चाकू, कैंची, एक कटोरी में अंगूर, ढेर सारी पत्रिकाएँ, कुछ पुराने अखबार, दियासलाई, और भी कितने ही अलाय-बलाय। बरतन-बासन की तरह मुझे रोज इन्हें भी माँजना पड़ता है।"

मैं ठठाकर हँस पड़ा था और बोला, "अब मैं चलता हूँ, चाची जी। सर से शाम में मिल लूँगा।"

उन्होंने सुना दिया, "एक आप ही हैं, जिनके साथ इनका उठना-बैठना हो रहा है। आपकी चर्चा बराबर करते हैं, यह शायद इसलिए भी कि आप दोनों के बीच मयंक आ गया है। मयंक बहुत बड़ी चिन्ता है इनकी। मुझे अब बस यही चिन्ता रहती है कि ये कब चिन्तामुक्त होंगे।"

मैं जब वहाँ से चला तो आश्वस्त था कि मयंक को लेकर उनकी चिन्ता अब काफी कम हो गई होगी।

धीरे-धीरे...

धीरे-धीरे मुझे लगा था कि मैं उनके किसी शून्य को उनके आग्रह पर भरता जा रहा हूँ। उनके घर पर किसी भी दिन की मुलाकात में ऐसा नहीं हुआ था कि मुझे 'बैठिए कुछ देर और' दो-तीन बार सुनने को नहीं मिला हो। अब तो ऐसा लग रहा था कि जैक्सन हॉस्टल ने मेरी तरह उनके मन में भी 'पैंतीस साल पुराना परिचय' स्थापित कर दिया था।

धीरे-धीरे श्रीमान मेरे साथ अन्तरंग बातचीत भी करने लगे थे, अपने घर की बातें, अपने दिल की बातें। अक्सर शुरुआत कॉलेज की बातों से होती थीं पर फिर बातें घूम-फिरकर मयंक पर ही आ ठहरती थीं। शायद उनके पास कुछ और कहने के लिए होता ही नहीं था; शायद मेरे पास भी कुछ और सुनने के लिए नहीं।

यह तो मुझे लगा कि मैं उनके शून्य को भरता चला जा रहा हूँ पर

शीघ्र ही मुझे लगा कि मेरा भी कोई शून्य भरता चला जा रहा है; मेरे उस शून्य में कभी 'श्रीमान्' को ठेलकर पूरा का पूरा मयंक आ जाता है और कभी मयंक को ठेलकर पूरे के पूरे 'श्रीमान्'।

उस भरे हुए शून्य में ढेर सारी बातें भरी हुई हैं।

"**तब** भी आप कहेंगे कि दुनिया बहुत सुन्दर है!"—हर बार जाते-जाते श्रीमान का मुस्कराकर फेंका हुआ यह छींटा मुझे अच्छा लगने लगा था, प्रीतिदाय, मीठा। जवाब में मेरा भी कुछ-कुछ चिढ़ाने वाला तकिया कलाम—"बहुत सुन्दर नहीं मगर कुछ तो सुन्दर।"

एक बार तो वे अपने घर से सोचकर ही चले आए थे मुझसे कुछ कहने। आसन ग्रहण करते ही वे बड़बड़ाए, "यहाँ के डॉक्टर तो कसाई हैं," और फिर मुझसे बोले, "अगर आपको सरदी-जुकाम से थोड़ा भी बड़ा कोई रोग कभी हो तो आप इलाज के लिए सीधे पटना चले जाइएगा।"

"यह गुस्सा आपको अचानक आया है, श्रीमान। कोई बात है क्या?"

"हाँ बात है," उन्होंने बताया, "मेरे गाँव का एक गरीब आदमी यहाँ एक नर्सिंग होम में पड़ा हुआ है। बेटे को साथ लेकर आया था कि डॉक्टर को दिखाकर और दवा लेकर गाँव लौट जाएगा। डॉक्टर ने दो-तीन दिनों के लिए रोक लिया। आज दस दिन हो गए। इन दस दिनों में बेटा गाँव जाकर अपने माल-मवेशी बेच आया है। कल मुझसे एक हजार रुपये लेकर डॉक्टर को दे आया है और आज फिर गाँव गया है खेती की जमीन बेचकर पैसे लाने। मैं तो डॉक्टर को कसाई ही कहूँगा जो गरीब को चूस रहा है।"

"कसाई डॉक्टर नहीं, गरीब की गरीबी है, श्रीमान। आज का इलाज ही महंगा है। कसाई हमारी सरकार है जो यहाँ के गरीबों के सस्ते इलाज के लिए इस पिछड़े इलाके में अच्छे अस्पताल नहीं बनाती। यहाँ के डॉक्टर भी वैसे ही हैं जैसे कहीं और के। पूरे इलाके के बीमार लोग, गरीब और अमीर, पूर्णिया आते हैं इलाज के लिए और अधिकांश स्वस्थ होकर जा रहे हैं। आप भी तो चाची जी का इलाज यहाँ के डॉक्टर से ही करा रहे हैं।

आपको कभी लगा कि आपका डॉक्टर कसाई है?"

"डॉक्टरों के काले कारनामों के बारे में आपने कभी कुछ पढ़ा नहीं है, श्रीकान्त, ऐसा लगता है मुझे।"

"पढ़ा है, श्रीमान, बहुत कुछ पढ़ा है मगर मैं कहूँगा कि कुछ ऐसे कसाई ही हैं जो डॉक्टर हो गए हैं।"

कुछ देर तक मेरे चेहरे को निहारते रहने के बाद वे बोले, "तो मैं मान लूँ कि दुनिया सुन्दर है?"

जवाब में मेरा एक छोटा-सा फिकरा—बहुत सुन्दर नहीं मगर...

मेरे घर से निकलकर अभी श्रीमान पाँच-दस कदम ही चले होंगे कि पुनः आ धमके। ताव में थे, आते-आते तान तोड़ा, "मैंने मान लिया कि डॉक्टरों ने दुनिया को कुछ सुन्दर बनाया है, कि कुछ कसाइयों के आ घुसने के कारण उनकी कुछ बदनामी हुई है मगर ऐसा क्या आप वकीलों के बारे में भी कहेंगे?"

"वकीलों के बारे में!" मैंने अचरज प्रकट किया, "वकीलों ने क्या बुरा कर दिया?"

"आपने राजो मंडल का नाम सुना है?"

"सुना है," मैंने जवाब दिया, "इस इलाके का सबसे बड़ा क्रिमिनल। कई हत्याओं के मामले में अभी जेल में है।"

"उससे आरक्षी अधीक्षक ने पूछा, 'क्या यह सच है कि तुमने सियाराम की हत्या करने के बाद उसके शरीर के निन्यानबे टुकड़े किए थे?' जानते हैं, क्या जवाब आया था इस अपराधी का?"

"कहा ही होगा कि यह झूठ है।"

"हाँ, ऐसा ही कहा उसने मगर उसका पूरा जवाब था, 'यह झूठ है कि मैंने उसके शरीर के निन्यानबे टुकड़े किए थे। सच यह है कि मैंने सौ टुकड़े किए थे।"'

"अरे बाप!" मेरे मुँह से बरबस फूट गए ये शब्द, "यह हेकड़ी!"

"एक वकील खुश हुआ था, जब यह अपराधी उसके पास आया था।"

"क्यों आया था अपराधी?"

"अपने मुकदमे की पैरवी करवाने।"

"वकील अन्दर से खुश तो नहीं हुआ होगा, श्रीमान;" मैंने कहा, "हाँ, डर से अपनी खुशी जाहिर की होगी।"

"वकील अन्दर से अधिक खुश हुआ था, क्योंकि उसे मोटा असामी मिल रहा था और मोटी फीस की उम्मीद थी।"

"हाँ, वकील को तो पैसा चाहिए; मुकदमा हारने-जीतने का कोई डर उसे नहीं होता।"

"ऐसा नहीं होता, श्रीकान्त; हर वकील अपने मुवक्किल की जीत के लिए मुकदमा लड़ता है, भले ही वह मुवक्किल डाकू हो, खूनी हो, बलात्कारी हो, देशद्रोही हो," एक पल के लिए उन्होंने मुझ पर नजर गड़ाई और फिर बोले, "राजो मंडल कैसा अपराधी है, यह आप जान रहे हैं। इस अपराधी को भी एक वकील मिल गया; कोई उसका सगा-संबंधी नहीं, इस शहर का फौजदारी का सबसे बड़ा वकील, दुल्ली बाबू, बाबू दुलारचन्द।"

"इस वकील को यह मुकदमा हार जाना चाहिए।"

"राजो मंडल के खिलाफ इतने गवाह थे कि वह फाँसी के तख्ते तक पहुँच जाता मगर दुल्ली बाबू ने अपनी हार को जीत में बदल दिया और इस खूँखार अपराधी को बचा लिया।"

"कैसे?"

"दुल्ली बाबू मुकदमा हारने को बिलकुल तैयार नहीं थे। उन्होंने राजो मंडल को सलाह दी कि विरोधी पक्ष के सारे गवाहों को मरवा दो। राजो मंडल ने ऐसा ही किया और बाइज्जत बरी हो गया।"

"हे राम! वकील ने ऐसी सलाह दी!"

"पहले तो एक हत्यारे की पैरवी करने को तैयार हो गया और फिर कई-कई हत्याओं के लिए उसे उकसाया। अब आप बताइए, श्रीकान्त, कि क्या इन वकीलों के रहते यह दुनिया कभी खूबसूरत हो सकती है? आप यहाँ भी यह तो नहीं कहेंगे कि कुछ कसाई वकील हो गए हैं? कोई भी वकील राजो मंडल का मुकदमा लड़ने को तैयार हो जाता और मुकदमा जीतने के लिए मुवक्किल को कैसी भी सलाह दे सकता था।"

"सर," मैंने कहा, "मैं इस लायक नहीं हूँ कि आपकी बात काट सकूँ मगर आपका सवाल अगर दुल्ली बाबू से किया जाता तो वे अवश्य सिद्ध कर देते कि आज की व्यवस्था में वे निर्दोष हैं। अभी मैं आपको एक सलाह देने की धृष्टता कर सकता हूँ।"

"आपकी सलाह सर-आँखों पर," कुरसी पर आसन बदलते हुए उन्होंने मुस्कराकर कहा, "आप कोई अच्छी सलाह ही देंगे।"

"मेरा कहना है, श्रीमान," मैं बोला, "कि आप 'दुखिया दास कबीर' न बनें—'दुखिया दास कबीर है जागे अरु रोवे।' दुनिया कितनी खूबसूरत है या कितनी बदसूरत, इन बातों पर ध्यान न दें आप। आप भी मान ही रहे हैं कि इस दुनिया को महापुरुष बदल नहीं पाए। महापुरुष आते रहे, जाते रहे, दुनिया अपनी चाल से चलती रही। आपके पास मयंक है; आप केवल उसकी चिन्ता करें, उस पर ध्यान दें।"

इतना बोलकर मैं चुप हुआ और मुस्कराते हुए उनका जवाब सुनने को उत्सुक हो गया।

वे भी कुछ देर चुप ही रहे और फिर कहना शुरू किया, "मैं घर से यह सोचकर नहीं चला था कि आपको बता दूँ कि इस दुनिया को बदसूरत बनाने में डॉक्टरों और वकीलों का कितना हिस्सा है। मुझे लगा कि इलाज कराने आए मेरे ग्रामीण को डॉक्टर चूस रहा है तो आपको खबर कर दूँ, ताकि भविष्य के लिए आप भी सावधान हो जाएँ। वकील की बात तो बतकही में आ गई। सुबह घर से निकला तो ध्यान में मयंक ही था। अखबार पढ़ा और अचानक मन हुआ कि आपके पास चलूँ।"

"ऐसा क्या था अखबार में, श्रीमान?"

"कोई नई खबर नहीं है। आप भी तो अखबार पढ़ते ही हैं। रोज अपहरण की खबर छपती है अखबार में। मगर आज के अखबार में अपहरण की तीन घटनाएँ हैं। मैं कुछ बेचैन हो उठा, श्रीकान्त।"

"बेचैन क्यों, श्रीमान?"

"बेचैन मयंक के लिए।"

"मयंक के लिए!"

"हाँ, उसका भी तो अपहरण हो सकता है।"

"मयंक का अपहरण! धत्!" मैं हो-हो कर हँस पड़ा और कहा, "एक छोटा-सा किस्सा सुनिए, श्रीमान...

एक माताराम की बच्ची दाई अपनी मालकिन को अपने बोली-व्यवहार से खुश तो रखती थी मगर उसका काम बड़ा ढीला-ढाला होता था—जैसे-तैसे झाड़ू मारना, जैसे-तैसे पोंछा मारना, जैसे-तैसे बरतन माँजना, कोई भी काम जैसे-तैसे। एक दिन माताराम जो बरसों से मधुमेह, उच्च रक्तचाप और दूसरी कई बीमारियों को झेल रही थी, अपनी दो पड़ोसिनों के साथ बतिया रही थी। दाई भी सुबह का अपना काम निबटा कर उन तीनों के पास आ खड़ी हुई और जाने की इजाजत माँगी। मालकिन अपनी पड़ोसिनों से बोली, "यह लड़की हवा के घोड़े पर सवार रहती है। झट आएगी, पट जाएगी। बात बनाने में माहिर। ऐसी चालू है यह लड़की कि बाजार में मुझे खड़े-खड़े बेच ले।"

"लो, सुनो इनकी बात!" लड़की का जवाब आ गया, "इन्हें कौन खरीदेगा भला! जो खरीदेगा उसकी तो नानी मरेगी, इनका इलाज कराते-कराते ही।"

पड़ोसिनों को हँसी छूट गई, माताराम भी हँसी रोक नहीं पाई।

"**अभी** आप हँसने वाली बात बोल गए, श्रीमान!" मैंने कहा, "भला मयंक का अपहरण कोई क्यों करेगा! कभी सुना है कि किसी विकलांग का भी अपहरण हुआ है। जहाँ किसी विकलांग का बाप तक सोचता है कि उसके साथ उसका विकलांग बच्चा भी यह संसार छोड़ दे, वहाँ कोई अपहरणकर्ता यह सोचेगा कि किसी विकलांग का अपहरण करने पर उसे कभी फिरौती की बहुत छोटी रकम भी मिलेगी, दस-पाँच रुपये भी?"

"जो मयंक का अपहरण करेगा, वह लाख-दो लाख तक तो सोचेगा ही, श्रीकान्त।"

"क्यों, क्यों सोचेगा?"

"जो अपहरण करता है, वह बहुत ठोक-बजाकर अपने काम को अंजाम देता है। देखने वाला क्या यह नहीं देखता है कि दादा का यह पोता उन्हें कितना प्यारा है? प्यार को देख लिया, तब वह देखेगा कि दादा के पास नकदी कितनी है और उसके कब्जे में कितनी जायदाद है। लाख-दो लाख का भरोसा तो उसे हो ही जाएगा। आसान होगा मयंक को उठा लेना। सड़क पर एक धक्का मारकर मुझे गिराएगा और कोई मेरी चीख-पुकार सुने और सुनकर दौड़े, इससे पहले ही उसके आदमी मयंक को उड़ा ले जाएँगे।"

"ऐसा नहीं होगा।"

"अपहरण करने वाले आपके दिमाग से तो अपना काम नहीं करेंगे," उनका जवाब आया, "ऐसा हो, न हो, मैं कोई कोई खतरा नहीं उठाऊँगा। कल से मैं अकेले मयंक के साथ घूमने नहीं निकलूँगा।"

"दिन भर घर में मयंक को बन्द रखेंगे?"

"तब क्या मैं मयंक को खो दूँ या मोटी फिरौती भरूँ?"

"तब एक काम करें, श्रीमान," मुझे बोलना पड़ा, "जब भी मयंक के साथ निकलने की इच्छा हो, मुझे साथ ले लिया करें।"

बम! बोल बम!

सावन का महीना है, मौसम भी सुहाना है।
बाबा ने बुलाया है, दरबार में जाना है...

काँवरियों का हुजूम चला जा रहा है बाबा बैजनाथ को जल चढ़ाने। बहुत इच्छाएँ पूरी नहीं की हैं बाबा ने; बुलाया है, "आ जाओ, इस बार जो माँगोगे, मिलेगा।"

मेरे मन में खयाल आया, क्या बाबा ने मयंक के दादा को कभी नहीं बुलाया?..."आ जाओ, तुम्हारी बस एक ही इच्छा है न? इस बार तुम्हारी इच्छा पूरी कर ही दूँ।"

सावन का पहला सोमवार बीता और उसके अगले ही दिन मैंने श्रीमान

से पूछा, "सर, आप कभी काँवर लेकर बैजनाथ धाम गए हैं?"

"नहीं, कभी नहीं।"

"आपको कभी बैजनाथ धाम के बाबा भोलेनाथ ने बुलाया नहीं?"

"नहीं, नहीं बुलाया; कभी जाने की इच्छा नहीं हुई। क्यों बुलाए मुझे बैजनाथ धाम के बाबा भोलेनाथ? क्यों जाऊँ मैं बैजनाथ धाम के बाबा भोलेनाथ के पास?"

"मयंक के लिए।"

"मयंक के लिए मेरे गाँव में भी बाबा भोलेनाथ बैठे हुए हैं। इस पूर्णिया में भी पचीस-पचास भोलेनाथ जरूर होंगे। होता यह है, श्रीकान्त, कि सावन की इस आँधी में इलाके के सारे भोलेनाथ बगुले की तरह उड़ जाते हैं, श्रीहीन हो जाते हैं और लोग दौड़ते हैं बैजनाथ धाम के बाबा के पास। ऐसा क्यों होता है, श्रीकान्त? कुछ सुन लीजिए मुझसे...

"जो पंडित-पुरोहित जिस भूखंड में रहते थे उस भूखंड की, वहाँ के मठों-मन्दिरों और वहाँ की नदियों की उन्होंने प्रशस्ति की, महिमा गाई। तीर्थ-पुरोहितों का उद्देश्य होता था अधिक-से-अधिक तीर्थयात्रियों को अपनी ओर खींच लाना, ताकि दान-दक्षिणा से अधिक-से-अधिक कमाई की जा सके।

"किसी ने किसी पुराण में लिख डाला कि यमुना का जल सात दिनों के स्नान से पवित्र करता है; सरस्वती नदी के पास के पंडितों ने उसी पुराण में घुसा दिया कि सरस्वती का जल तीन दिनों के स्नान से ही पवित्र कर डालता है; गंगा वाले गुस्से में आ गए और लिख डाला कि गंगा का जल तत्क्षण पवित्र कर देता है; नर्मदा वालों को और भी अधिक गुस्सा आया और उन्होंने लिख मारा कि नर्मदा का जल दर्शन मात्र से ही पवित्र कर डालता है।

"पुष्कर के पंडितों ने लिखा कि देवों और ऋषियों ने भी पुष्कर में ही सिद्धि प्राप्त की; यहाँ स्नान और पूजा करने वालों को अश्वमेध करने का दस गुना फल मिलता है; और, इससे बढ़कर संसार में कोई अन्य तीर्थ है ही नहीं। वाराणसी की प्रशस्ति में आ गया कि वाराणसी से बढ़कर कोई अन्य स्थल नहीं है और न कोई ऐसा होगा ही। कुछ पुराणों ने तो इतना तक

कह डाला कि काशी में घुस जाने के बाद व्यक्ति को अपने पैरों को पत्थर से कुचल डालना चाहिए और सदा के लिए काशी में ही रह जाना चाहिए।"

इतना कुछ सुना देने के बाद वे कुछ पल के लिए रुके और मुझे एकाग्र पाकर उत्साहित होते हुए आगे बढ़े, "अब आइए बैजनाथ धाम पर। यहाँ के पंडितों-पुजारियों ने भी किस्सा बनाया और कितने ही पुराणों-माहात्म्यों में इस किस्से को घुसा दिया। अब किस्सा सुनिए। भगवान शंकर ने राक्षसराज रावण के कठोर तप से सन्तुष्ट होकर उसे लंका में स्थापित करने के लिए वैद्यनाथ ज्योतिर्लिंग प्रदान किया और सावधान कर दिया कि वह आकाशमार्ग से सीधे कैलास से लंका चला जाए बगैर मार्ग में कहीं रुके, नहीं तो बीच रास्ते में मूर्ति जिस जमीन पर रखी गई वहाँ से फिर उठेगी नहीं। देवताओं को यह मंजूर नहीं था कि ज्योतिर्लिंग लंका जाए। रावण के पेट में वरुणदेव प्रवेश कर गया। रावण को रास्ते में जोर का पेशाब लगा। लाचार होकर वह इसी बैजनाथ धाम की जमीन पर उतरा और वहाँ पहले से वृद्ध ब्राह्मण के वेश में खड़े भगवान विष्णु को कुछ क्षणों के लिए रखने को कहकर मूर्ति उसके हाथ में दे दी। वरुणदेव की ऐसी कृपा हुई कि रावण झटपट पेशाब नहीं कर पाया। ब्राह्मण बुदबुदाया, 'अब और मैं प्रतीक्षा नहीं कर सकता,' और मूर्ति जमीन पर रखकर चला गया। अब भला रावण मूर्ति कैसे उठा पाता! शिवलिंग तो पाताल तक चला गया था, भूमि के ऊपर बस आठ अंगुल। किसी बैजू ने इस मूर्ति को देखा, इसकी पूजा की और देखते-देखते बैजनाथ धाम महातीर्थ बन गया।"

"यह तो अच्छा ही हुआ, सर," मैं बोल गया, "कि बैजनाथ धाम महातीर्थ बन गया; दूर-दूर तक कोई महातीर्थ है भी नहीं।"

"यह अच्छा नहीं होता कि इस इलाके में भी कोई महातीर्थ होता और यहाँ के लोगों को गंगा पार कर किसी दूसरे इलाके में बाप-बाप या बम-बम करके जाना नहीं पड़ता?"

मुझे हँसी छूट गई, "हाँ, अच्छा होता।"

"मगर अच्छा नहीं हुआ; अच्छा होते-होते रुक गया। और चूक हुई यहाँ के पंडितों-पुरोहितों से।"

"कैसे?"

“यहाँ से तीस-बत्तीस किलोमीटर की दूरी पर एक जगह है सिकलीगढ़ धरहरा। भगवान विष्णु ने यहीं नरसिंह अवतार लिया था और यहाँ के राक्षस राजा हिरणाकश्यप का वध किया था। यह अचरज भरा नहीं लगता कि जिस स्थल पर भगवान विष्णु ने अवतार लिया, वह कोई एक साधारण तीर्थस्थल भी नहीं पाया। जाहिल थे यहाँ के पंडित-पुरोहित, जिन्होंने कभी कोई सिकलीगढ़ माहात्म्य नहीं लिखा। बैजनाथ धाम में तो भगवान शंकर स्वयं आए भी नहीं थे, सिकलीगढ़ में तो भगवान विष्णु प्रकट हुए, हिरणाकश्यप की अँतड़िया फाड़ीं। बैजनाथ धाम वालों को तो किस्सा बनाना पड़ा था, यहाँ तो बना-बनाया किस्सा सामने था। किस्सा यह है कि हिरणाकश्यप की बहन होलिका परम सुन्दरी थी। अग्निदेव ने उसकी उपासना से खुश होकर उसे अग्नि-सा चमचमाता चेहरा दिया था। राजस्थान के बाड़मेर राज्य के अत्यधिक सुन्दर और सर्वगुणसंपन्न राजकुमार ईलोजी तक जब होलिका के रूप और गुण की चर्चा पहुँची तो उसने ढेर सारी राजकन्याओं की ओर से आए विवाह-प्रस्ताव को ठुकराकर होलिका से विवाह करने का मन बना लिया। वर-पक्ष और कन्या-पक्ष के लोगों के बीच संवाद हुआ, बात पक्की हुई। नारियल बदले गए, और वसंत ऋतु फाल्गुन की पूर्णिमा को विवाह का दिन तय हो गया। बाड़मेर से राजकुमार ईलोजी की बारात ऊँट, बैलगाड़ी और पैदल बरातियों को लेकर राजा हिरणाकश्यप की राजधानी सिकलीगढ़ के लिए रवाना हुई थी।”

“शादी हुई थी?”

“नहीं, उसके पहले ही प्रह्लाद को जलाने के चक्कर में होलिका जल गई थी। दो दिन बाद बारात सिकलीगढ़ पहुँची थी। राजकुमार ईलोजी होलिका की बुझी चिता के पास बैठ गए थे और राख मल-मलकर लोटने लगे थे। पागल राजकुमार बाड़मेर लौट गए और आजीवन कुँवारे रह गए।

“मैं तो कहता हूँ कि इस सिकलीगढ़ को बैजनाथ धाम से भी बड़ा तीर्थ बनना था, महातीर्थ...महातीर्थ। नहीं बना कोई मामूली तीर्थ भी। ऐसा हुआ यहाँ के नादान और भोंदू पंडितों और पुरोहितों के कारण।”

“अगर यह महातीर्थ बन जाता...”

“हाँ-हाँ, बोलिए...रुके क्यों?”

"अगर सिकलीगढ़ महातीर्थ बन जाता तो क्या आप जाते वहाँ पूजा-अर्चना के लिए?"

"मैं तीर्थाटन के लिए, पुण्य कमाने के लिए, कभी घर से बाहर नहीं निकला हूँ, श्रीकान्त। कभी किसी तीर्थस्थान पर पहुँच भी गया हूँ तो मैंने वहाँ के देवों-देवालयों को कभी धार्मिक दृष्टि से नहीं देखा, सिर्फ वहाँ का इतिहास जान लेना चाहा। हो सकता है कि मैं सिकलीगढ़ जाता पर कुछ माँगने नहीं जाता नरसिंह भगवान से।"

"मयंक के लिए कुछ माँगने तो जा ही सकते थे।"

"मयंक के लिए उसकी माँ और दादी व्रत करती रही हैं, ढेर सारे देवी-देवताओं को पूजती आई हैं। मैंने कभी उन्हें रोका नहीं, कभी नहीं कहा कि पत्थरों को मत पूजो। मगर मैं क्यों जाऊँ उनसे कुछ माँगने जो कुछ दे ही नहीं सकते। अगर आपके भगवान कहीं हैं भी तो वे खुद अनाथ हैं, अपंग हैं, बेचारे हैं।"

"भगवान अपंग-अनाथ हैं, ऐसा तो मैं पहली बार आपके मुँह से सुन रहा हूँ, श्रीमान।"

"मैंने बहुतों के मुँह से सुना है, और बहुत कुछ देखा भी है।"

"क्या सुना है और क्या देखा है, श्रीमान?"

"सावन में जब बाबा बैजनाथ इलाके के सारे बाबाओं का तेज-हरण कर लेते हैं, तब यहाँ के बाबाओं का तिरस्कार होते देखा है। सारी उमर देवी-देवताओं की पूजा-अर्चना करने वाले श्रद्धालुओं को किसी प्रियजन की मौत पर इन देवी-देवताओं की मूर्तियों को घर के पिछवाड़े के गड्ढे में फेंकते देखा है। एक बीमार महिला इस बात से दुखी हुई कि देवालयों में विराज रहे जो देव अपने भक्तों से सोना-चाँदी, रुपये-पैसे लिया करते हैं, वे अपने ही उन भक्तों को संकट की घड़ी में, गरीबी में, बीमारी में, अपने जमा धन से मदद क्यों नहीं करते, और उसने मरने से पहले हर मिलने वाले से कहा कि किसी गरीब का पेट भर देना मगर किसी मन्दिर का पेट कभी नहीं भरना।"

मैं मुस्कराता रहा और श्रीमान अपनी रौ में आगे बढ़ते गए, "कोशी की बाढ़ में किधर 'ईश्वर भक्त' और किधर 'वीर भगवान'! कितने ही

शिवालय ध्वस्त हो गए, बह गए बेचारे शिव जी कोशी की धारा में। भगवान को मच्छरों का भी डर! हाय राम! अब बचाए भक्त अपने भगवान को। चलो, पुजारी जी ने मच्छरदानी लगा दी है। गर्मी के मौसम में बुरा हाल 'एवमस्तु' बोलने वाले भगवानों का; पुजारी जी पंखा झल रहे हैं राहत पहुँचाने के लिए। शहर में कोई जानमारू 'वायरस' फैला हुआ है; पुजारी जी को भगवान की जान की चिन्ता; वे 'मास्क' चढ़ा रहे हैं भगवान के मुँह पर।

"ऐसे भगवान से मैं क्या माँगने जाऊँ, श्रीकान्त? मैंने मयंक की दादी या माँ को कभी नहीं रोका देवी-देवताओं के पास जाने से, आपको भी मना नहीं करूँगा।"

"आपका अपना तर्क है, श्रीमान। तर्क से तो कुछ भी सिद्ध किया जा सकता है," मैंने कहा, "सवाल आस्था..."

"चुप रहिए, चुप रहिए," उन्होंने मुझे पूरा बोलने तक नहीं दिया, "इस आस्था के कारण ही तो वह वैज्ञानिक जिन्दा जला दिया गया था जिसने कहा था कि पृथ्वी सूर्य का चक्कर लगाती है। इस आस्था में घोर अंधकार पलता है, यह आस्था प्रकाश को आने नहीं देती। युग आस्था और अंधविश्वास का नहीं, ज्ञान-विज्ञान का होना चाहिए।"

"मैं आपकी कोई बात नहीं काट रहा, श्रीमान," मैं बोल गया, "अभी मैंने दुनिया देखी कहाँ है! कभी कोई चिन्तन-मनन नहीं किया। कुछ ज्ञानार्जन कर लूँ, कुछ दुनिया को पढ़ लूँ, उसके बाद ही तो अपनी कोई राय बना सकता हूँ। अभी मैं बहुत कच्चा हूँ। अभी मेरी उम्र ही क्या हुई है, सर।"

"आप साहित्यकार हैं तो मैं यह मानकर चलता हूँ," उन्होंने हँसते हुए कहा, "कि आपके पास मुझसे अधिक लम्बी उम्र का ज्ञान है, अनुभव है परिपक्वता है," और फिर आसन छोड़ते हुए कहा, "और अब मुझे आपका अधिक समय खाना उचित नहीं लगता, क्योंकि साहित्यकार के पास सोचने, कल्पना में विचरने और लिखने के लिए समय का अभाव हुआ करता है।"

ऐसा शायद ही कभी हुआ हो कि श्रीमान् सुबह-सुबह मेरे घर आए हों। वे

मुझसे भी अधिक संकोची थे। उन्हें लगता होगा कि सुबह की मेरी व्यस्तता के बीच उनका आना किसी विघ्न की तरह उपस्थित होना होगा। मगर उस दिन वे सुबह सात बजे के करीब आ धमके। उनके हाँक लगाते ही मैं कमरे का दरवाजा खोलकर बाहर निकल आया। उन्होंने हँसते हुए कहा, "मैं जानता हूँ कि मेरे इस समय आने से आपका कुछ हरज तो होगा ही, आपके किसी न किसी काम में रुकावट आ जाएगी मगर मैं अपने को रोक नहीं सका और चला आया।"

"आप कभी ऐसा नहीं सोचें, श्रीमान्," मैंने कहा, "मेरा ऐसा कोई काम नहीं होता जो आपके आने से बिगड़े। आपका आना मेरे लिए सौभाग्य का आना होता है; बारह बजे रात में भी आप मुझे हाँक लगा सकते हैं, श्रीमान्।"

"आज कोई सौभाग्य नहीं आया है मेरे साथ," कमरे के अन्दर प्रवेश करते हुए उन्होंने सुनाया, "मैं अपने साथ एक दुर्भाग्य को लेकर आया हूँ।"

मैं झट जान गया कि मयंक की किसी खबर के साथ आए हैं वे। मैंने उनके चेहरे पर नजर टिकाई और धीरे से पूछा, "कैसा दुर्भाग्य, श्रीमान्?"

उन्होंने अपनी जेब से कागज का एक पन्ना निकाला और सामने की मेज पर फैला दिया। कागज पर एक तस्वीर छपी थी। मैंने तस्वीर पर निगाह डाली तो उन्होंने पूछा, "बता सकते हैं, यह किसकी तस्वीर है?"

मैंने एक बार उनके चेहरे को देखा और फिर तस्वीर पर निगाह जमा दी।

एक बालक की तस्वीर थी यह, किसी जख्मी बालक की। बालक का मुँह किसी कष्ट से खुला हुआ था और उसके चेहरे से घोर शारीरिक पीड़ा का आभास हो रहा था। बदन खुला था। गले और छाती पर खून की सूखी परतें थीं। कोई चिकित्सक उसका उपचार कर रहा था।

पहली नजर में तो मुझे यही लगा कि यह मयंक की तस्वीर ही हो सकती है। मयंक का यह हाल अवश्य घघरी या गोकुलपुर में हुआ होगा। मयंक को भेज दिया गया होगा पूर्णिया और यहाँ श्रीमान या मैडम ने चिकित्सक लगाया होगा। मयंक को लेकर नहीं आ सकते थे मेरे पास, उसकी तस्वीर लेकर आ गए। मयंक का यह हाल कैसे हुआ? किसकी

गलती से हुआ? मुझे अब पूरी कहानी सुनने की इच्छा हो रही थी...मगर मयंक की तस्वीर? तस्वीर इस कागज पर कैसे? मैंने एक बार फिर नजर उठाकर देखा श्रीमान को और फिर निगाह फोटो पर जमाई। मयंक का चेहरा इतना बदला हुआ क्यों? क्या जख्म और पीड़ा ने उसका चेहरा इतना विकृत बना दिया है कि अब पहचान में भी नहीं आता? मैंने आखिरी बार वह तस्वीर देखी और फिर श्रीमान से कहा, "यह मयंक की तस्वीर तो नहीं है?"

"मैंने कब कहा कि यह मयंक की तस्वीर है?" उन्होंने सुनाया, "यह किसी और बच्चे की तस्वीर है।"

"किसकी?"

"यह सीरिया के एक बच्चे की तस्वीर है, गृह-युद्ध में घायल हुए एक तीन साल के बच्चे की।"

"यह तस्वीर आपको कहाँ मिली, श्रीमान?"

"इन्टरनेट से ली है।"

"चित्र कारुणिक तो है, श्रीमान।"

"हाँ, बहुत कारुणिक।"

"पर इससे भी अधिक कारुणिक चित्र देखने को मिले तो होंगे आपको?"

"हाँ, श्रीकान्त, मिले थे इससे भी अधिक कारुणिक चित्र," श्रीमान कुछ अधिक भावुक हो चले थे, "एक चित्र में मैंने देखा कि एक भयत्रस्त भीड़ भागी चली जा रही है और सबसे आगे एक छह-सात साल की नंगी बच्ची दौड़ी जा रही है। एक दूसरे चित्र में मैंने देखा कि भाले की नोंक पर एक शिशु को आसमान की ओर उठाए कोई दंगाई सड़क पर चला जा रहा है। एक और चित्र में मैंने नरमुंडों की मीनार भी देखी और फिर हड्डियों से पटा मैदान भी। मगर उन चित्रों ने मेरा ध्यान अधिक नहीं खींचा; मुझे लगा कि ये सारे चित्र तो मेरे देखे-सुने हुए हैं। जब मैंने इस जख्मी बालक की तस्वीर देखी तो मेरी नजर इस पर अटक गई, देर तक अटकी रह गई।"

"ऐसा क्या देखा, श्रीमान, आपने इस बालक की तस्वीर में?"

"तस्वीर में? नहीं, तस्वीर ने मेरा ध्यान नहीं खींचा; मुझे अटकाया उसकी धमकी ने।"

"धमकी?"

"इस चित्र के साथ उसकी धमकी भी छपी थी। इस तीन साल के बच्चे ने मरने से पहले अपना अन्तिम वाक्य बोला था, 'मैं ईश्वर को सबकुछ बता दूँगा।"'

"क्या बता देगा?"

"क्या बता देगा, यह मरने से पहले नहीं बोला था वह," श्रीमान बोले और मुझसे पूछ बैठे, "आप बता सकते हैं, क्या बताएगा वह ईश्वर को?"

"मैं? मैं कैसे बता सकता हूँ, श्रीमान?"

"आप एक कहानीकार हैं, कल्पनाओं में विचरते हैं; आप बता सकते हैं।"

"क्या बता सकता हूँ भला!" मैं बुदबुदाने लगा था।

"आप इस बालक के चित्र को गौर से देखें और इस पर एक कहानी लिखें। कहानी में बताएँ कि वह ईश्वर को क्या कुछ बताएगा।"

श्रीमान अपना आदेश सुनाकर चले गए। और मैं बार-बार उस चित्र को देख रहा था, जैसे कि देखने भर से कोई कहानी निकल आए। चित्र को देखकर यह तो मैं सोच सकता था कि सीरिया किस दौर से गुजर रहा है मगर इसके आगे तो मैं कुछ भी नहीं जानता था; नहीं जानता कि युद्ध क्यों हो रहा है, यह बालक जख्मी क्यों हुआ। और फिर, एक तीन साल का बच्चा ही कितना बड़ा होता है कि वह अपना और अपनी धरती का हाल सुनाए!

श्रीमान के जाने के बाद मैं लगातार दो-तीन दिनों तक अपनी हर फुरसत में सीरिया के उस जख्मी बालक के चित्र पर निगाह जमाता रहा और सोचता रहा कि मरने के बाद क्या कुछ बताएगा वह ईश्वर से।

तीसरे ही दिन अचानक मुझे एक उस बालक की याद आ गई जिसने मरने के बाद ईश्वर को बहुत कुछ बताया था। उसी शाम मैं श्रीमान के पास पहुँचा और अपनी खुशी जाहिर करते हुए उनसे कहा कि मैं कहानी लिख डालूँगा, लिख डालूँगा कि वह क्या-क्या बताएगा ईश्वर को।

एक उपन्यास में मैंने पढ़ा था एक बालक का किस्सा जो मरकर ईश्वर के पास जा पहुँचा था।

इस बालक के मरते ही उसके माता-पिता ईश्वर के पास गए थे और उनसे निवेदन किया था कि वे उनके बेटे को उनके पास लौटा दें। बहुत अनुनय-विनय के पश्चात् ईश्वर इस बात पर राजी हो गए कि वे सच को सपना बना देंगे। उन्होंने बच्चे को अपने पास बुलाया और उससे कहा कि उसे धरती पर अपने माता-पिता के पास पुनः जाना होगा। बच्चे को यह मंजूर नहीं था। उसने ईश्वर को जवाब दिया था कि वह बड़े-बुजुर्गों की उस दुनिया में वापस जाना नहीं चाहता जो ईर्ष्या, द्वेष, घृणा, लोभ, अहंकार की दुनिया है, जहाँ अन्याय और उत्पात होता है, जुल्म और रक्तपात होता है।

मैं इस किस्से को ही आधार बनाकर सीरिया के उस जख्मी बालक की एक कहानी गढ़ लेना चाहता था।

मेरी लिखी जाने वाली कहानी श्रीमान को पसन्द नहीं आई। उन्होंने ना में सिर हिला दिया और बोले, "मैं नहीं जानता कि उपन्यास के बालक की क्या उम्र थी मगर इस बालक की उम्र सिर्फ तीन साल है। तीन साल का बालक ईश्वर को वही तो बताएगा जो उसने देखा है, सुना है।"

"उसने क्या देखा, क्या सुना, यह तो मैं नहीं जानता, श्रीमान। बहुत सोचा मगर कुछ भी पकड़ में नहीं आया। कुछ आपको ही बताना पड़ेगा।"

"मैं?" वे हँस पड़े, "मैं कुछ जानता तो आपको बता चुका होता।"

"तब," मेरा सिर झुक गया, "मैं तो कहानी नहीं लिख पाऊँगा, श्रीमान।"

वे कुछ पल मुझ पर नजर टिकाकर मुस्कराते रहे और फिर बोले, "आप कोई और एक कहानी तो लिख सकते हैं।"

"कैसी कहानी, श्रीमान?"

"मयंक की कहानी।"

"हाँ, मयंक की कहानी तो लिख सकता हूँ मैं मगर..."

"मगर क्या?"

"मैं अभी ही मयंक की जवानी और बुढ़ापे की कहानी तो नहीं लिख सकता; उसके बचपन की कहानी लिख सकता हूँ।"

"एक आशीष दूँ मैं आपको?"

"अवश्य दें, श्रीमान; वह मेरी पूँजी होगा।"

अत्यन्त भावुक और मृदुल स्वर में बोले वे, "मयंक झुलझुल बूढ़ा हो, आप भी झुलझुल बूढ़ा हो जाएँ, और एक बूढ़ा दूसरे बूढ़े की कहानी लिखे।"

मैं जोर-जोर से हँस पड़ा और हँस लेने के बाद बोला, "और कभी उन दो बूढ़ों के बीच ईश्वर हो एक बूढ़ा ईश्वर को कुछ बता रहा हो और दूसरा बूढ़ा हाँ में अपना सिर हिला रहा हो।"

"हो कभी ऐसा ही मगर अभी बचपन की कहानी जिसे मैं सुनूँ," उन्होंने कहा और फिर पूछ बैठे, "क्या होगा मयंक के बचपन की इस कहानी में?"

"प्यार, मयंक के लिए प्यार।"

"दुत्कार नहीं होगा, नानी का दुत्कार?"

कुछ ठमककर मैं बोला, "होगा, दुत्कार भी होगा।"

"मगर मयंक ईश्वर से कहे नानी को क्षमा कर देने के लिए और प्रार्थना करे कि वह धरती के सारे अंधविश्वासों का खात्मा कर दे।"

"और यह प्रार्थना भी करे कि हर बालक को शुभांगिनी जैसी बुआ, उसकी दादी जैसी दादी और सबसे ऊपर उसके दादा जैसे दादा मिले।"

"सबसे ऊपर दादा क्यों?"

"सबसे ऊपर दादा का त्याग।"

"नहीं, श्रीकान्त; सबसे ऊपर दादी का त्याग," बोलकर कुछ देर के लिए रुके वे और फिर कहने लगे, "मैंने आपको मयंक से जुड़े ढेरों किस्से सुनाए होंगे मगर एक किस्सा सुनाना बाकी रह गया था। आपने इतना भर देखा होगा कि इसकी दादी इसके खाने-पहनने पर पूरा ध्यान देती है, आज इस दादी की एक कहानी सुन लीजिए।"

उन्होंने सुनाना शुरू किया...

"**मैं** पत्नी के साथ उसके दमा के इलाज के सिलसिले में दिल्ली गया हुआ

था और करीब सप्ताह भर रुका था वहाँ। वहाँ 'हिन्दुस्तान' अखबार में एक विज्ञप्ति पढ़ी मैंने। मेरी आदत-सी बन गई है कि अखवारों या पत्रिकाओं में दमा और विकलांगों के बारे में जो कुछ भी छपता है, उसे मैं पत्नी को पढ़कर सुनाता हूँ या उसे पढ़ने के लिए कह देता हूँ। अखबार में छपी विज्ञप्ति एक विकलांग केन्द्र के बारे में थी। एक धनी भारतीय महिला अपने कमाऊ बेटों के साथ विदेश में सुखमय जीवन बिता रही थी मगर अचानक अपनी आत्मा की आवाज पर उसने अपने सुख और विलास भरे जीवन को लात मारकर अपनी मातृभूमि में दुखियों-असहायों की सेवा में अपना शेष जीवन बिताने का निर्णय ले लिया था। वह बेटों के मना करने पर भी भारत आ गई और दिल्ली में इस विकलांग केन्द्र की स्थापना की। विज्ञप्ति में कहा गया था कि दिल्ली की जो महिलाएँ इस विकलांग केन्द्र को अपनी अंशकालीन सेवा देना चाहती हैं, वे उनसे सम्पर्क करें।

"मैंने बस यों ही इस विज्ञप्ति को पत्नी के सामने पढ़ डाला। उसने मेरे हाथ से अखबार ले लिया और इस विज्ञप्ति को पढ़ने लगी। कई बार इसे पढ़ा होगा उसने। कुछ फूटने लगा था उसके अन्दर। किसी निर्णय तक पहुँचने के लिए उस विज्ञप्ति को बार-बार पढ़ना कोई दवा के सेवन जैसा लग रहा था उसे।

"निर्णय तक पहुँचने में देर नहीं लगाई उसने। हम लोग खाना खाकर आराम कर रहे थे कि तभी उसने बात छेड़ दी, 'मैं इस केन्द्र में अपनी सेवा देना चाहती हूँ।'

"'तुम दिल्ली में तो नहीं हो?'

"'दिल्ली में रह लूँगी।'

"'रह लोगी?'

"'अपने लिए शायद नहीं रहती पर मयंक के लिए रह लूँगी। अब तक तो किसी विकलांग केन्द्र में मयंक को अकेले रखने की बात होती थी मगर इस केन्द्र में तो मैं मयंक के साथ रह सकती हूँ।'

"'बहुत सोच-समझकर निर्णय लेना होगा तुम्हें।'

"'मैं निर्णय ले चुकी हूँ। मयंक के साथ जिन्दगी गुजार दूँगी मैं यहाँ।'

"मैं चुप लगा गया था।

"क्या कोई और ऐसा कर सकता है? मैं या उसका बाप हेमन्त या उसकी माँ वीणा?"

इतना सुनाकर श्रीमान चुप हो गए और मेरे मुस्कराते हुए चेहरे पर नजर जमा दी। मुझे लगा कि उन्होंने मुझसे जोर देकर पूछा है कि 'क्या कोई और ऐसा कर सकता है?' और मुझे अभी कुछ बोलना चाहिए। मुझे झट जवाब सूझ गया था। मैंने कहा, "हाँ, कर सकता है।"

"कौन?" उन्होंने आँखें सिकोड़कर पूछा।

"दादी के नहीं रहने पर दादा।" मैंने मुस्कराकर जवाब दिया।

"नहीं, नहीं कर सकता।" वे बोल गए, "आपने कुछ अधिक ही आँक लिया मुझे। जितना वह कर सकती है, उसका आधा का आधा भी मैं नहीं कर सकता। एक छोटा-सा किस्सा सुना देता हूँ।"

वे सुनाने लगे, "मयंक के एक दाँत में कीड़े लग गए थे और उसमें एक खोड़रा बन गया था। सबसे पहले मयंक की माँ वीणा की नजर ही उस खोड़रे पर पड़ी थी। उसने हेमन्त को यह बताया ही होगा। जब इसकी जानकारी मयंक की दादी को मिली तो उसने हेमन्त से मयंक का दाँत उखड़वाने के लिए कहा। पहली बार हेमन्त हाँ-हूँ कर गाँव चला गया। दूसरी बार उसका जवाब आया, 'मयंक का दाँत उखड़वाना आसान काम नहीं है। उसके लिए तैयार होना पड़ेगा। मैं अगली बार गाँव से दो-एक आदमी लेकर आता हूँ जो उसे सँभालेंगे।'

"इन दिनों मैं चिन्ता भर करता रहा कि मयंक का कोई एक दाँत उखड़वाना है।

"दादी ने हेमन्त की 'अगली बार' की प्रतीक्षा नहीं की। उसने मुझे भी कुछ नहीं बताया और एक दिन अचानक मुझसे बोली, 'मैं मयंक को लेकर डॉक्टर के पास जा रही हूँ उसका दाँत उखड़वाने।'

"'किस डॉक्टर के पास, शोभा?' मैंने पूछा था।

"'वह मैं पता लगा लूँगी लाइन बाजार में।' उसका जवाब आया था।"

"**मयंक** का दाँत उखड़वाना सचमुच आसान काम नहीं था।" उन्होंने सुनाया, "मयंक को किसी क्लीनिक में घुसा देना, किसी डॉक्टर के सामने बैठा देना, उसका मुँह खुलवाना और फिर उसके दाँत छू लेना—किसी के लिए भी यह काम एक टेढ़ी खीर था। किसी डॉक्टर के लिए मयंक का दाँत उखाड़ लेना सम्भव था क्या!

"दो घंटे के अन्दर मयंक की मुलाकात तीन डॉक्टरों से कराई गई। शुरू के दो डॉक्टरों ने अपने को नाकाबिल मान लिया, तीसरे ने हिम्मत की और कहा कि उसे बेहोश करना पड़ेगा।

"डॉक्टर से समय लिया गया, हेमन्त और वीणा को गाँव से बुलाया गया और मयंक का सड़ा दाँत उखाड़ दिया गया।"

श्रीमान के चुप हो जाने पर मुझे कुछ बोलना ही था। मैं बोला, "यह मैंने मान लिया कि मयंक की दादी के आगे मयंक के दादा फीके पड़ जाते हैं मगर यह मैं दावे के साथ कह सकता हूँ कि दादी के नहीं रहने पर मयंक के दादा ही उसका दाँत उखड़वाने जाते। बोलिए, श्रीमान, आप जाते या नहीं?"

श्रीमान हो-हो कर हँस पड़े थे।

अब तक ईश्वर को बताने लायक क्या कुछ है मयंक के पास, यह तो मैंने पूरा कर लिया। मगर यहाँ आकर एक मुस्कराहट के साथ यह विचार कौंधा मेरे मन में कि क्या मयंक ईश्वर के आगे अपनी कारगुजारियाँ भी खोले? श्रीमान से अगली मुलाकात में ही मैंने हँसते हुए उनकी राय पूछी। हँस पड़े वे भी और बोले, "जरूर बताए मयंक; तभी तो ईश्वर को भी अपने अपराध का एहसास होगा।"

श्रीमान ने मयंक की कारगुजारियों के कितने ही किस्से मुझे सुनाए थे। उन्होंने कहा था कि कभी-कभी न जाने मयंक किस तरंग में आ जाता है कि कुछ ऐसी-वैसी हरकत कर बैठता है।

"एक दिन ऐसा हुआ," उन्होंने सुनाया था, "कि मैं विकास बाजार में आनन्द भंडार से कुछ खरीद रहा था और मयंक भी मेरे पास खड़ा था।

अचानक मैंने देखा कि मयंक मेरा हाथ छोड़कर ताली बजाने लगा है। दुकान से कुछ दूर पर कुछ आवारा नंग-धड़ंग बच्चे खेल-कूद कर रहे थे। मयंक उन बच्चों को खेलते देखकर ही अपना खेल खेलने लगा था। लोगों की नजरें मयंक पर जा टिकी थीं। दुकान के मालिक देबू दा भी ग्राहकों से बतियाना छोड़कर उसकी ओर ही देखने लगे। मुझे अच्छा नहीं लग रहा था। जब मैंने मयंक को डाँटा तो वह और भी किलकारी भरने लगा और लोट-पोट की स्थिति में आ गया। मुझे तो लगा कि अब यहाँ भीड़ लग जाएगी। सब लोग इस बच्चे को पागल ही समझ रहे होंगे। अब दुकान पर और रुकना मेरे लिए सम्भव नहीं हुआ। मैं थप्पड़ मारकर भी अभी उसे चुप नहीं करा सकता था। ऐसा तो कितनी ही बार हुआ है कि वह थप्पड़ खा गया है और फिर भी हँसता रह गया है। बहुत चोट लगने पर ही वह रुका है या रोया है और उसकी आँखों में आँसू आ गए हैं। मैं मयंक को खींचते हुए वहाँ से साथ लेकर चला। अब खेलते बच्चे नहीं थे उसके आस-पास पर देर तक वह मुझे अपना खेल दिखाता रह गया था। अपने पूरे घर में इस मुसीबत को झेलने वाला एक अकेला मैं ही था, और मैं भी इस मुसीबत से घबराता था।

"मुसीबत बस इतनी भर नहीं रहती थी। इसके बाद भी कुछ ऐसा हो जाता था, जहाँ खतरे होते थे।

"एक बार आनन्द भंडार में मेरी बगल में खड़े एक ग्राहक की पीठ पर उसने एक धौल जमा दी। मैं हड़बड़ा गया। जब उस ग्राहक ने पलटकर देखा कि एक बच्चा खड़ा है तो वह भी अकबका गया। मैंने उससे यह कहकर क्षमा माँगी कि बच्चा विकलांग है, ऐसी हरकत इससे पहले तो कभी नहीं की थी पर आज कर बैठा। उसकी आँखों में यह सलाह तो थी ही मेरे लिए कि ऐसे बच्चे को लेकर बाजार नहीं आया करें।

"एक बार तो ऐसा हुआ कि आनन्द भंडार में ही एक ग्राहक की पैंट की जेब में उसने अपना हाथ डाल दिया। ग्राहक अचानक पलटा था। यह मेरी आँखों के सामने हुआ। ग्राहक जब तक कुछ बोलता या करता, मैंने उसे इशारे से बताया कि बच्चा विकलांग है। उसने मेरी बात मान तो ली पर तब भी उसने अपनी जेब ठीक से जाँच ली; और जब मैं मयंक को

साथ लेकर वहाँ से चला तो उस ग्राहक को एक बार अपनी ओर पलटकर घूरते देखा मैंने।

"अब ऐसा हो गया था कि जहाँ कहीं मैं किसी काम से जाता और मयंक मेरे साथ होता तो मेरा आधा ध्यान मयंक पर ही लगा रहता कि वह बगल में खड़े आदमी के साथ कोई शरारत नहीं कर बैठे, ठीक उसी तरह जैसे बातचीत करते हुए राह चलती औरतों का ध्यान अपने सिर पर रखी टोकरी पर होता है कि वह सिर से गिर न जाए।

"इतना ही जरूरी नहीं था कि सिर्फ स्थिर होने के बाद ही मैं चौकस रहूँ, यह भी जरूरी हो गया था कि मैं उसके साथ राह चलते भी बिलकुल खबरदार रहूँ।

"राह चलते हुए अचानक किसी की पीठ पर हाथ लगा सकता है वह, कितनी ही बार लगा चुका है। मुझे झट कुछ बोलना पड़ा है। बच्चा विकलांग है, यह सुनने में जितना दर्द होता है मुझे, उतना ही कहने में भी मगर यह कहे बगैर चारा भी तो नहीं है। एक बार मोहल्ले में ही एक घर के आगे स्कूटर पर बैठे एक छोटे बच्चे को उसने नीचे गिरा दिया। बाप दौड़कर अन्दर से बाहर आया था। फिर कभी ऐसा नहीं हो, यह चिन्ता तो बनी ही रहती है। मोहल्ले में भी तो लोग आपस में झगड़ते ही रहते हैं। तब इस बात पर झगड़ा क्यों नहीं होगा कि किसी का बच्चा, वह विकलांग क्यों न हो, किसी के बच्चे के साथ ऐसा कुछ कर बैठता है कि वह भी विकलांग हो जाए? एक बार अचानक ही रास्ते में वह रुका और सामने की एक महिला की गोद से बच्चा छीनने लगा। महिला तो लगभग चीख ही पड़ी थी।

"जहाँ बात-बात पर लोगों को गुस्सा आता है, वहाँ क्या इस बात पर गुस्सा नहीं आएगा कि वह किसी की जेब में हाथ डाल देता है, किसी बच्चे को धक्का देकर गिरा देता है या किसी की गोद से बच्चा छीनता है? मैं जानता हूँ कि गुस्सा आएगा। तब हो सकता है कि मेरे कुछ बोलने के पहले ही बच्चे को मार लग जाए। और मैं जब तक उसे सँभालूँ, तब तक शेष गुस्सा मुझ पर भी उतार दिया जाए।

"मैंने मन ही मन कितनी ही बार उन दृश्यों की कल्पना की है, जब मयंक की ऐसी हरकतों के कारण मुझे भी दो-चार तमाचे लग गए हैं। मैंने

सोच लिया है कि अगर ऐसा हुआ, तब मैं क्या करूँगा। मैं किसी से कुछ नहीं बोलूँगा, यह भी नहीं कि बच्चा विकलांग है। मैं चुपचाप मयंक को उठाऊँगा और उसे साथ लेकर आगे बढ़ जाऊँगा। ऐसा नहीं हो, इसके लिए अब यह तो मुझे करना ही पड़ता है कि मैं सड़क पर मयंक को अपनी ओर टाने हुए चलता हूँ और सड़क पर चलते हुए सिर्फ इतना नहीं देखता कि सामने से कोई गाड़ी-छकड़ा तो नहीं आ रहा है, यह भी देखता हूँ कि कहाँ मयंक कौन-सा खतरा पैदा कर सकता है।

"उसे रिक्शा और बस पर चढ़ने का बेहद शौक है। कितनी ही बार ऐसा हुआ है कि मैं यों ही बिना किसी काम के उसके साथ रिक्शा पर बैठकर कहीं के लिए चल पड़ा हूँ सिर्फ उसे घुमाने के लिए। सड़क पर चलते हुए वह अचानक किसी बस के अन्दर घुसने के लिए उसकी सीढ़ी पर पाँव चढ़ा देता है या किसी रिक्शा पर चढ़ने के लिए लपकता है।"

किसी संस्था ने विकलांग बच्चों के पिताओं का एक साक्षात्कार किया था। वह साक्षात्कार अखबार में आया था। जिस दिन यह अखबार में छपा था, उसी दिन श्रीमान ने उसे पढ़ लिया था मगर उस दिन या बाद के आठ-दस दिनों तक उन्होंने इस साक्षात्कार के बारे में कोई चर्चा नहीं की थी। यह चर्चा तब हुई, जब हेमन्त ने एक विकलांग बेटे के पिता के रूप में अपने घर में कुछ बुदबुदाया था।

श्रीमान ने इस अखबार को हेमन्त से छिपाकर रखा था। बिलकुल फाड़कर फेंक देते भी उनसे नहीं बना था मगर बेटे की नजर से इसे बचाकर रखना क्यों उन्हें जरूरी लगा। मेरे साथ उस साक्षात्कार की चर्चा उन्होंने तब की, जब या तो हेमन्त ने उस दिन के अखबार को पढ़ लेने के बाद या बिलकुल अपने मन से मन की आवाज बोल गया था।

चाय पीने के बाद उन्होंने चर्चा की, मुझसे पूछा, "सात-आठ दिन पहले, ठीक-ठीक तीन अगस्त को, कुछ विकलांग बच्चों के पिताओं का एक साक्षात्कार छपा था अखबार में; आपने देखा था?"

"जी हाँ, देखा था।"

"पूरा पढ़ा था?"

"जी हाँ, पढ़ा था।"

"अधिकांश पिताओं ने यही कहा कि वे चाहते हैं कि उनके विकलांग बच्चे उनके साथ ही चले जाएँ?"

"जी हाँ, ऐसा कहा तो था।" मैं कुछ गम्भीर हो गया।

कुछ रुककर बोले वे, "आपने मुझे बताया नहीं इस साक्षात्कार के बारे में?"

"मैंने बताना जरूरी नहीं समझा, श्रीमान।" मैं कुछ इस तरह बोला जैसे कि अभी भी मैं उस पर चर्चा करना जरूरी नहीं समझ रहा हूँ।

"मैंने भी जरूरी नहीं समझा था इस पर आपके साथ कुछ बतियाना," वे बोले, "मगर आज मैं खास उसी बात पर आपसे बतियाने चला आया हूँ।"

मैंने केवल उनके चेहरे पर अपनी निगाह टिकाई, बोला कुछ भी नहीं।

वे बोले, "आज मैंने हेमन्त को बिलकुल उन्हीं पिताओं की तरह बोलते देखा।"

"आपके सामने बोल रहा था वह?"

"नहीं, मेरे सामने तो नहीं मगर वह जान तो रहा था कि मैं बगल वाले कमरे में ही हूँ और उसकी आवाज मुझ तक पहुँच सकती है।"

"वह आपको सुनाना नहीं चाहता होगा, श्रीमान; आपने सुन लिया," मैं बोला, "आपने उससे कुछ कहा तो नहीं?"

"हाँ, कहा।"

"उसी समय बुलाकर?"

"नहीं, उसके कमरे में जाकर।"

"उससे बाद में ही कुछ कहना था, श्रीमान।"

"यह सोचने का समय ही नहीं मिला कि उससे अभी ही कुछ कहूँ या बाद में," उन्होंने सुनाया, "मैं उसके कमरे में कभी जाता नहीं हूँ, श्रीकान्त मगर उसकी बात कान में पड़ते ही मैं अनायास उठ खड़ा हुआ और उसके कमरे में जा घुसा, यह भी नहीं सोचा कि वहाँ वीणा न जाने किस हाल में बैठी-सोई होगी।

"मैं उठा तो था गुस्से में मगर उसके पास पहुँचते ही मेरा गुस्सा काफूर हो गया; मेरी आँखें नम हो गईं; मैंने उससे कहा, 'ऐसी बात तुम्हारी जबान पर क्यों आई, हेमन्त? मेरा तो भरा-पूरा परिवार है; क्या यह परिवार एक विकलांग का भार उठा नहीं सकता?' मैं इसके आगे नहीं बोल सका, श्रीकान्त; मेरी आँखों में आँसू आ गए और मैं फफककर रो पड़ा।"

"हेमन्त कुछ बोला?"

"वह बिलकुल हड़बड़ा गया था। वह मेरे सामने गिड़गिड़ाने लगा, बोलने लगा कि मयंक के भविष्य की चिन्ता से वह ऐसा बोल गया।"

"श्रीमान," मैंने कहा, "हेमन्त की बातों का इतना दुख नहीं मानना चाहिए आपको। वह उतना ही तो बोला जितना दूसरे पिता बोल रहे थे। कम-से-कम उसे यह चिन्ता तो है कि मयंक को कभी दुख न हो।"

"कैसी बातें कर रहे हैं आप, श्रीकान्त, बच्चों की तरह," वे मुझ पर ही उबल गए, "लगता ही नहीं है कि आपने देश-दुनिया देखी भी है। जिस तरह मैं निश्चिन्त होकर मरना चाह रहा हूँ, उसी तरह वह भी क्यों नहीं निश्चिन्त हो जाने का प्रयास करता है?"

"किसी भी विकलांग बच्चे का पिता निश्चिन्त नहीं हो सकता," मैं बोल गया और फिर श्रीमान से ही पूछ बैठा, "निश्चिन्त हो सकता है क्या?"

"निश्चिन्त न हो मगर बच्चे के मरने की दुआ तो नहीं माँगे, छोड़ दे उसे परिवार पर, समाज पर, भगवान पर," वे बोलते गए, "मैंने ऐसे कितने ही जवान विकलांगों को देखा है, जिनके माँ-बाप नहीं रहे होंगे; किसी को उसकी बुआ देख रही होगी, किसी को उसके भाई-बहन या कोई और ही।

"एक बार मुझे साहिबाबाद में चार-पाँच दिनों तक अपने एक मित्र के घर टिकना पड़ा था। पास की ही मलिन बस्ती की एक अपंग भिखारिन का उसने किस्सा सुनाया था। एक मर्द सुबह के ठीक दस बजे उस भिखारिन को अपनी पीठ पर लादकर सड़क तक ले आता था और वहाँ उसे एक ऑटोरिक्शा पर बैठाकर विदा कर देता था। शाम के ठीक पाँच बजे वह सड़क पर उसी जगह आ खड़ा होता था; किसी ऑटोरिक्शा से भिखारिन को उतारता था और फिर उसे पीठ पर लादकर अपने ठिकाने पर ले जाता

था। उस भिखारिन के दिन कट रहे थे। कौन था वह जो रोज सुबह उसे घर से विदा करता था और रोज शाम उसे घर के लिए विदा करता था? वे मददगार थे जो उसे जीने में मदद कर रहे थे। किसी ने उसके मरने की दुआ नहीं की। हेमन्त ने क्यों यह दुआ नहीं की कि उसका मयंक भीख माँगकर भी जिन्दा रहे?"

"ऐसी दुआ की जरूरत नहीं है, श्रीमान; मयंक के पास काफी कुछ होगा खाने-पहनने के लिए।"

काफी सहज हुए वे और चेहरे पर मुस्कराहट ले आकर उन्होंने कहा, "पता नहीं, यह अच्छा है या बुरा कि मैं हर बात का बुरा से बुरा सोचने लगता हूँ।"

"मयंक के बारे में कुछ भी बुरा मत सोचिए, श्रीमान। आपको तो शुभ सोचना था। मुझे इस बात की खुशी हो रही है कि हेमन्त को मयंक के भविष्य की चिन्ता है और बेटे के दुख को वह अपना दुख मानने लगा है। कम-से-कम अपनी जिन्दगी भर मयंक को जिन्दा देखने के लिए तो तैयार हुआ है वह।"

"मैं शुभ सोचना तो चाहता हूँ मगर कैसे तो कोई अशुभ मेरे मन में घुस आता है। सब ठीक है मगर तब भी एक अशुभ अभी भी मेरे अन्दर घर किए हुए है।"

"कैसा अशुभ, श्रीमान?"

वे सुनाने लगे, "बच्चे को केवल गला दबाकर ही तो नहीं मारा जाता। बच्चे को ठीक से आहार नहीं मिले, उसे सर्दी-गर्मी से बचाया नहीं जाए, तब भी तो मरेगा वह।

"बौद्ध पुनर्जन्म के सिद्धान्त में विश्वास करते थे। गरीब बौद्ध अपने नवजात शिशुओं को, जिन्हें अपनी गरीबी में वे भार महसूस करते थे, मार डालते थे यह सोचकर कि उनका अगला जन्म किसी खुशहाल परिवार में होगा। तब मैं भी तो यही करता, देखता कि इसके माँ-बाप इसका पालन-पोषण करना नहीं चाहते तो इसके मर जाने की दुआ करता। नहीं करता दुआ? तब मयंक के मरने की दुआ मैं भी कर सकता था।"

"नहीं, श्रीमान," मैं तत्क्षण बोल गया, "आप तब भी ऐसी दुआ

नहीं करते। और आज? जिस-तिस जमाने को अपने इस जमाने में क्यों उतार रहे हैं?"

"मयंक का पालन-पोषण?"

"वह तो हो ही रहा है, और आगे भी होगा। बाप को बेटे की चिन्ता है; माँ भी अब तक ममता से भर गई होगी। आप सारे अशुभ मन से निकाल दीजिए। कभी तो शुभ सोचा कीजिए, श्रीमान।"

वे चुप लगा गए। फिर और कोई बातचीत हमारे बीच नहीं हुई। उस दिन जाते-जाते उन्होंने इतना भर कहा, "बहुत दिनों से एक शुभ पल रहा है मेरे मन में।"

"क्या?" मैं मुस्कराया।

"मैं चाहता हूँ कि मेरे मरने के पहले मयंक एक बार मुझे दादा कहकर पुकारे, दादा, हो दादा!"

एक सुबह जब मैं अपने दरवाजे पर खड़ा था तो मेरी निगाह सड़क से आते हुए श्रीमान पर पड़ी। मैं सड़क के किनारे जा खड़ा हुआ और उनके पास पहुँचते ही पूछ बैठा, "टहलने निकले थे क्या, श्रीमान?"

उन्होंने मुस्कराकर कहा, "मैं ठंड में टहलने नहीं निकलता; एक काम से निकला था।"

काम मेरी समझ में आ गया। उनके हाथ में एक जैकेट था और मुझे लगा कि ये कहीं से जैकेट लेकर आ रहे हैं या मरम्मत के लिए इसे लेकर कहीं गए थे।

"आइए, श्रीमान, चाय पीकर जाइए।" मैंने कहा।

उन्हें कमरे में बैठाकर मैं चाय बनाने चला गया।

उनकी ओर चाय की प्याली बढ़ाते हुए मैंने पूछा, "किस काम से गए थे, श्रीमान?"

वे एक पूरा किस्सा सुनाने लग गए, "कल सुबह भी मैं घर से निकला था एक परिचित ग्रामीण को बस में चढ़ाने। एक बच्चा भिखारी पर नजर पड़ गई। वह पैरों पर नहीं चल रहा था, घिसटकर चलता था। मैं क्यों तो रुक

गया और फिर उसके पास चला आया। ऐसा पहली बार हुआ, श्रीकान्त।

"मैंने उसे दो रुपये का सिक्का दिया। उसने नजर उठाकर मेरी ओर देखा और दो पल देखता रह गया। शायद पहली बार या बहुत दिनों के बाद उसे दो का सिक्का मिला था। मैं वहाँ रुका और उससे सवाल किया, 'दिन भर में कितने पैसे हो जाते हैं?' उसने बताया, 'पचास-साठ रुपये।"'

"अच्छी कमाई कर लेता है।" मैं बोल गया।

"कोई भी इसे अच्छी कमाई ही मानेगा। मैं भी मानता मगर अब मैं नहीं मानूँगा।"

"क्यों, श्रीमान?"

"मुम्बई में एक भिखारी है जिसकी आय प्रतिदिन एक हजार से लेकर ढाई हजार रुपये तक की है। उसके पास मुम्बई में ही दो-दो फ्लैट हैं और बैंक में जमा सत्तर लाख रुपये।"

"सच?" मैं भारी अचरज में था।

"मैंने उसका नाम-पता तक लिखकर रखा है," उन्होंने सुनाया, "मुम्बई के दस और भिखारियों के नाम भी हैं मेरे पास, जिनकी प्रतिदिन की आय एक हजार रुपये से कम नहीं है।"

मुझे लगा कि मयंक के चलते ही इस दादा ने न जाने क्या-क्या सूचनाएँ इकट्ठी कर रखी हैं। मुझे दया आई उन पर और मैं दुखी हो गया। इन्हें ऐसा नहीं सोचना चाहिए कि मयंक कभी भीख माँगेगा।

मैंने बात बदली और बोला, "पचास-साठ रुपये में इसका काम चल जाता होगा।"

वे मुस्कराए और बोले, "कुछ बचा भी लेता है।"

"ऐसा कहा उसने?"

"उसने नहीं कहा मगर मैं जान रहा हूँ। उसे माँ-बाप को खिलाना नहीं पड़ रहा है। उसका घर धमदाहा के पास किसी गाँव में है। बाप पंजाब जाता है कमाई करने। माँ गाँव में ही मजदूरी कर पेट पाल लेती है और जब-तब बेटे से मिलने पूर्णिया भी आ जाती है। बेटे का नाम बचपन में ही माँ-बाप ने 'राजा' रख दिया था और यह नाम अभी तक चल रहा है। राजा अभी बस पड़ाव में ही रात गुजारता है मगर ठंड से बचने के लिए

एक कोठरी किराए पर खोज रहा है।"

"भिखारी खोज रहा है किराए की कोठरी?"

"खोज तो रहा है।"

"आपके राजा से मिलने मैं भी बस पड़ाव की ओर निकलूँगा।"

"अब राजा से कभी मुलाकात होगी या नहीं, नहीं कहा जा सकता। मैं अभी उसे यह जैकेट देने निकला था; ठंड की मार तो कुछ कम पड़ेगी; वह नहीं मिला। कल के पहले कभी पूर्णिया में देखा भी नहीं था उसे। भिखारी है, कहीं और चला गया होगा। दो-चार दिन और ढूँढ़ने की कोशिश करूँगा।"

"आज वह नहीं मिला, यह अच्छा ही हुआ, श्रीमान।"

"क्यों?" श्रीमान की भौं चढ़ गई, "क्यों अच्छा हुआ?"

"उसकी कमाई घट जाती," मेरा जवाब था, "इतना अच्छा जैकेट पहनकर कोई भीख माँगे तो कौन भीख देगा उसे!"

"मगर मैंने तो देखा है भीख देते हुए।"

"देखा है? क्या देखा, श्रीमान?"

"मैंने मुम्बई में लोकल ट्रेन में एक कोट-पतलून वाले भिखमंगे को देखा था। उसके सिर पर टोपी थी, आँखों पर चश्मा, पैरों में जूते और कन्धे पर रेनकोट। मैं तो एक पैसा भी देने से रहा मगर लोगों को देखा पचास-पचास पैसे का सिक्का देते हुए। पचीस पैसे से कम तो कोई दे ही नहीं रहा था।"

"मुम्बई की बात अलग है, श्रीमान, पूर्णिया में तो कोई पाँच पैसे भी नहीं देगा। आप यह कोट राजा को मत दीजिए।"

"आप ठीक कह रहे हैं, कोट-पतलून वाले भिखारी को यहाँ भीख नहीं मिलेगी," उन्हें मेरी बात जँची मगर उन्होंने कहा, "जैकेट मैं उसे देता हूँ और कह देता हूँ कि भीख माँगने के समय वह जैकेट नहीं पहनेगा। मगर वह मिले, तब तो उसे जैकेट दूँ।"

श्रीमान की आदत-सी हो गई थी कि वे जब भी घूमने-टहलने के लिए घर से निकलते तो मयंक को साथ ले लिया करते थे। घर के बाहर लोगों ने

उन्हें मयंक के साथ ही देखा होगा, और जब मयंक उनके साथ नहीं होता होगा तो लोगों की उन पर शायद नजर ही नहीं पड़ती होगी। मेरे पास भी वे मयंक के साथ आते ही रहते थे।

उस दिन मयंक उनके साथ नहीं था और वे बहुत प्रसन्न नजर आ रहे थे। मैंने अपनी खुशी जाहिर की, "आज आप बहुत खुश हैं न, श्रीमान?"

"आपने कैसे जाना?"

"आपके चेहरे को देखकर।"

"तब तो मन कभी दुखी हुआ तो मैं नहीं आऊँगा आपके पास अपने दुख से आपको भी दुखी करने।"

"आप मुझे दूर क्यों कर रहे हैं, श्रीमान? मैं आपके दुख को आपके चेहरे से नहीं, आपके मुँह से सुनना चाहूँगा, उस दुख में शरीक होना चाहूँगा।"

वे कुछ देर तक मौन रह गए। मेरी बात उन्हें छू गई थी।

उनके मन के अन्दर कुछ और चल रहा था शायद। उन्होंने मौन तोड़ा और किसी दूसरी तरफ बहक गए, "कबीरदास ने ठीक ही कहा है, पोथी पढ़ि पढ़ि जग मुआ। कबीर का 'ढाई आखर' ही इस दुनिया की अनमोल और एकमात्र सुन्दर वस्तु है।"

"आपने माना तो, श्रीमान, कि दुनिया में कुछ सुन्दर भी है।"

"नहीं मानूँ तो मयंक को कैसे बचा पाऊँगा? उसे प्यार चाहिए, श्रीकान्त, भरपूर प्यार, हर किसी का। इस मोहल्ले के लोगों का प्यार, मोहल्ले के बाहर के लोगों का प्यार। मैं उसे प्यार से सराबोर देखना चाहता हूँ।"

"प्यार उसे मिलेगा, श्रीमान, हर किसी का प्यार मिलेगा।"

"अपने मोहल्ले का तो वह इतना प्यारा बच्चा बन गया है, श्रीकान्त, कि अगर मेरे मोहल्ले में कोई डायन भी होगी तो वह मेरे घर को बकस देगी। अभी कुछ और भी देखकर आ रहा हूँ। अभी-अभी मैंने देखा कि मोहल्ले के बाहर के लोगों के दिल में भी उसके लिए प्यार है, बहुत-बहुत प्यार है। कुछ लोगों से मुलाकात हुई मेरी और उनसे मैंने ऐसा कुछ सुना कि दिल खुश हो गया। वह खुशी ही आपको मेरे चेहरे पर नजर आ गई।"

"क्या-क्या सुना, श्रीमान? मैं भी सुनूँ।"

मुस्कराहट उनके चेहरे पर जम गई थी। वे सुनाने लगे, "मैं सब्जी वाले के सामने से गुजर रहा था तो उसने मुझे टोक दिया, 'आज मयंक को नहीं देख रहा हूँ आपके साथ?' जब मैंने बताया कि उसे आज साथ नहीं किया, घर पर ही छोड़ दिया तो उसने पूछा, 'तबियत उसकी ठीक है न?' तबियत ठीक है, यह सुनकर वह बोला, 'जब आपके साथ सब्जी का झोला लिये उसे झूम-झूमकर आते देखता हूँ तो बड़ा अच्छा लगता है। बड़ा प्यारा बच्चा है आपका यह मयंक।' उसकी बातें सुनकर मैं खुश हो गया, बहुत खुश हो गया।"

"मुझे भी खुशी हो रही है, श्रीमान, बहुत खुशी हो रही है।"

"उसके बाद," वे आगे बढ़े, "मैं बहुमंजिला बाजार के अपने एक परिचित घड़ीसाज नौशाद की दुकान के सामने से गुजर रहा था तो उसने हाँक लगाकर मुझे बुला लिया और पूछ बैठा, "मयंक को कहाँ छोड़ दिया?' मुझसे मयंक का हाल-चाल सुन लेने के बाद उसने कहा, 'मैं चाहता हूँ कि जल्दी से वह दिन आए जब मयंक घड़ी में समय देखने लायक हो जाए। मैं अपनी ओर से उसकी कलाई में एक घड़ी बाँधना चाहता हूँ।' मेरी आँखें नम हो गई थीं, श्रीकान्त।"

उन्होंने एक और किस्सा सुनाया, "इधर मैं जिस दुकान से जूते-चप्पल खरीदता हूँ, उसके मालिक ने भी मुझे हाँक लगाकर बुला लिया। पहली बार जब मैं इसकी दुकान पर गया था, तब मयंक भी मेरे साथ था। दुकानदार अभी-अभी बाहर से एक गिलास पानी लेकर आया था। गिलास जमीन पर रखकर वह मुझसे बतियाने लगा था। अचानक मयंक बिजली की गति से गिलास तक पहुँचा, गिलास उठाया और गटागट गिलास का पूरा पानी पी गया। मैं तो भौंचक्का रह गया, कुछ डर भी गया था। देर तक मयंक के बारे में उसे बताता रह गया था। तब से हमारे बीच राम-सलाम शुरू हो गया। उसने मुझे बुलाकर कहा, 'उस दिन मयंक के लायक जूते नहीं थे मेरी दुकान में और आप बैरंग लौट गए थे। अब जूते आ गए हैं और मैं मयंक के लिए एक अच्छा जोड़ा दे देता हूँ।' इतना बोलकर वह जूते निकालने लगा तो मैंने उसे यह कहकर रोका कि अभी मैं पैसे लेकर

नहीं आया हूँ। उसने कहा कि मैं पैसे कभी बाद में दे दूँ और जूते अभी ले जाऊँ। मैंने उसका आग्रह स्वीकार नहीं किया और कहा, 'मैं उधार नहीं खरीदता। मुझमें भूलने की आदत है। हो सकता है कि मैं इधर पाँच-दस दिन आऊँ ही नहीं और फिर बिलकुल भूल जाऊँ कि आपके पैसे हैं मेरे पास।' तब उसने कहा, 'आप भूल जाएँगे, तब भी कोई हर्ज नहीं। मयंक के लिए एक जोड़ा जूते तो मैं बिना पैसे के भी दे सकता हूँ।' मेरी आँखें भरभरा गई थीं, श्रीकान्त। मैं वहाँ से सीधे आपके पास आ गया हूँ।"

"आपके आते ही मुझे किसी शुभ का संकेत मिल गया था, श्रीमान; किस्से सुनकर तो मन में उछाह भर गया।"

"एक बात बताइए, श्रीकान्त।"

"क्या, श्रीमान?

"आपके पास आने तक मेरी भरभराई आँखों के आँसू बिलकुल सूख नहीं गए होंगे। आपकी नजर मेरे आँसू पर नहीं गई और आपने मेरे चेहरे पर शुभ पढ़ लिया?"

"अगर आपकी आँखों से आँसू टपकते होते, तब भी मैं चेहरे के शुभ को पढ़ लेता, श्रीमान। चेहरा बता देता है कि आँसू दुख के हैं या खुशी के।"

कुछ पल रुककर श्रीमान ने मुस्कराकर पूछा, "अगर कभी मैं दुख में रहूँ और आपके पास आने के पहले अपना दुख छिपाने के लिए ठंडे जल से दस-बीस बार अपना चेहरा धो डालूँ, तब भी क्या आप जान जाएँगे कि मैं दुखी हूँ?

मुझे जोरों की हँसी आई और मैंने हँसते हुए जवाब दिया, "कोई-कोई अपना दुख छिपा लेने में माहिर होता है।"

पूर्णिया में पहली बार साहित्यकार बच्चा यादव बौर समाजसेवी सत्यदेव प्रसाद ने अपने कुछ सहयोगियों के साथ मिलकर दस दिनों तक चलने वाले एक भव्य पुस्तक मेला का आयोजन किया था। मेला जिला स्कूल के मैदान में लगा था। इस मेले का पूर्णिया और आस-पास के कस्बों में इतने जोर-शोर से प्रचार किया गया कि मेले में भीड़ आई सो आई, मेले

के बाहर चाट-चना बेचने वालों की लंबी कतार लग गई और कितने ही भिखमंगे सदर अस्पताल और कचहरी चौक को छोड़कर यहाँ आ जमे। यहाँ के हर घर में एक बार मेला देख आने का शौक चर्राया।

इस मेले के प्रति उत्सुकता तो मेरी भी चरम पर थी मगर मेला चलने का प्रस्ताव श्रीमान ने ही दिया था। दो दिन पहले ही उन्होंने मुझसे कहा, "यहाँ पहली बार कोई पुस्तक मेला लग रहा है, वह भी काफी भव्य। आप तो चलेंगे ही; मैं भी आपके साथ चलूँगा।"

"मैं तो अवश्य जाऊँगा, श्रीमान; दस दिनों का मेला है, मैं दसों दिन जाऊँगा।"

"आप मुझे भी दसों दिन अपने साथ कर लेंगे।"

दसों दिन मेला जाना हुआ था हमारा। किताबों के बीसों स्टॉल थे, शेष आठ-दस स्टॉलों में बच्चों के खिलौने, कम्प्यूटर से जुड़ी चीजें और खाने-पीने के सामानों की बिक्री हो रही थी। शुरू के चार-पाँच दिन में ही हमने किताबों का पूरा भण्डार देख लिया। चार-साढ़े चार सौ रुपये की किताबें खरीदी थीं मैंने मगर श्रीमान को अपनी पसन्द की एक भी किताब नहीं मिली। कुछ पुरानी सभ्यताओं और उस समय के समाजों के बारे में अभी भी उनका पढ़ना बाकी बचा हुआ था। कुछ मिल जाता तो वे उन युगों में भी मयंक को लेकर जाते। वे मेले से आधा किलो लहसुन का अचार और एक किलो शहद खरीदकर ही सन्तुष्ट दिख रहे थे। मगर मेले का आकर्षण उनके लिए आखिरी दिन तक बना रहा।

मेले में साहित्यिक कार्यक्रम दो बजे दिन से चार बजे तक चलता था। मैं रोज समय पर न भी पहुँच पाऊँ पर वे आधा घंटा पहले ही पहुँच जाया करते थे और साहित्यिक कार्यक्रम के लिए बनाए गए मंच के सामने की कुर्सियों में से एक पर आसीन हो जाते थे। हम लोग चार बजे तक वहाँ डटे रहते थे।

कार्यक्रम में कोशी अंचल के विभिन्न जिलों के साहित्यकार मंच पर उपस्थित होते थे। श्रोताओं को उनका परिचय दिया जाता था और वे अपनी रचनाओं का पाठ भी करते थे। परिचय और रचना-पाठ के समय श्रीमान खाँसते-छींकते तक नहीं थे।

एक दिन मैं कॉलेज में कुछ अधिक व्यस्तता के कारण उनका साथ नहीं दे पाया था और वे अकेले ही मेला चले गए थे। कॉलेज से आकर मैं सीधे उनके पास गया था। वे मुझे देखकर मुस्कराए और बोले, "आप नहीं आए, श्रीकान्त तो मैं भी कुछ अलसा रहा था मगर मैं चला गया। अगर नहीं जाता तो मुझे पता भी नहीं चलता कि आज मैं क्या खोया।"

"क्या नहीं खोया, श्रीमान?"

"एक डगमगाता हुआ विश्वास।"

"कैसा विश्वास, श्रीमान?"

उन्होंने कहना शुरू किया, "आज मैं मेला से एक कवि की कविता सुनकर आया हूँ। केवल सुनकर ही नहीं, उनसे कविता लिखवाकर भी ले आया हूँ। कार्यक्रम समाप्त होते ही मैं सीधे उनके पास गया और उनसे आग्रह किया कि वे अपनी कविता लिखकर मुझे दे दें। उन्होंने मेरा आग्रह स्वीकार किया और झटपट कविता लिखकर मुझे दे दी। पहले आप उस कविता को पढ़ लें, फिर मैं कुछ बोलूँ।"

इतना बोलकर उन्होंने जेब से कागज का एक पन्ना निकाला और मेरी ओर बढ़ा दिया। मैंने कविता पढ़ी...

पेशी

किसी भारी मुकदमे की
तारीख थी।
ठसाठस भरी थी
अदालत।
हर कोई हैरान,
मुद्दई के पक्ष में
इतने जख्मों की
शहादत!
वकील, मुहर्रिर तक बतियाने लगे

सरगोशी में,
"कब तक रहेगा
मुद्दालेह
अपनी बेहोशी में।"
न्यायाधीश
न्याय-कक्ष में आए;
एक नजर देखा
जख्मियों को, जख्मों को;
चकराए;
विराजे अपने आसन पर
और बुदबुदाए,
कभी नहीं देखा था
कि कोई अपराधी
ऐसा शातिर हो,
इतना जाबिर हो।"
कार्यवाही शुरू हुई।
चपरासी ने मुद्दालेह को
एक बार,
दो बार,
फिर तीसरी बार हाँक लगाई,
"अल्लाह उर्फ ईश्वर!
हाजिर हो।"

पूरी कविता पढ़कर जैसे ही मैंने श्रीमान की ओर नजर उठाई, वे बगैर मुझसे पूछे कि कविता मुझे कैसी लगी, बोल गए, "कविता सुनकर मुझे जो खुशी हुई वह अभी भी ज्यों की त्यों बनी हुई है। मैं एक से दो हो गया था, श्रीकान्त।"

मैंने मुस्कराकर पूछा, "एक से दो! मतलब?"

"एक मैं," उन्होंने जवाब दिया, "और दूसरा इस कविता को लिखने वाला।"

"आप दो हुए होंगे, श्रीमान," मैंने कुछ रुककर कहा, "मगर हो सकता है, आप फिर अकेले हो गए हों।"

"मतलब?"

मैं कुछ पल उनका चेहरा निहारता रहा और फिर बोला, "इधर मैंने कोशी की कुछ कथाएँ पढ़ी हैं। एक कथा में एक स्त्री कोशी के किनारे विलाप कर रही है—

...नाहि मोरा सासुर दुख नाहि मोरा नैहर दुख
नाहि मोरा कंत बिदेस बसऽ हे
सात बालक कोशी माय, सातो हरि लेलन
आठम के भरोसा नाहि हे
नून तेल पायब कोशी माय
गोदी के बलकबा कैसे पायब हे...

"कोशी उसके आठवें बालक का भी हरण कर लेती है। मगर उसके बाद भी, हर बालक के हरण के बाद, फिर-फिर चली आती है वह कोशी से विनती करने—

...चढ़इबौ गे कोशी माय खीर पान भोजन
पाठी देबौ कोशी माय चढ़ाय...

"एक और अंश सुनाता हूँ, श्रीमान," मुस्कराकर उनकी ओर देखते हुए मैंने कहा...

"**कोशी** माई के गीत गाने वाला पोदन दास तब उसी माई को गलियाना शुरू कर देता है, जब वह पूरे गाँव-जवार में हाहाकार मचा देती है। तब पोदन दास भारी गुस्से में आ जाता है और बोलता है, 'कुँआरी नहीं है कोशी और कोई सतवंती भी नहीं है यह कोशिका। उछाल छक्का है;

मरद के लिए छुछुआती फिरी है। गिन लीजिए उसके भतार। पहला भतार रन्नू सरदार...*अगिया लगैबौ रे सेबक तोर डँरकस, रानू सरदार छियै हमर लोग;* उसका दूसरा भतार रैया रणपाल...*चलऽ कोहला देव हमर साथ हो;* तीसरा भतार झिमला मल्लाह...*गौना करलै झिमला कोहबर बसैले;* चौथा भतार..." रुककर पोदन दास ने 'जय शिव, जय शिव, जय हो महादेव!' उच्चारित किया और फिर सुनाया, 'लोग मानते हैं कि कोशिका की शादी सिंहेश्वर के महादेव से भी हुई थी। जिस घरफोड़ी औरत ने झिमला के घर में कोहबर की रात से ही घरफोड़ शुरू कर दिया था, उसने महादेव को भी नहीं बख्शा और शिव मन्दिर में ही कटनियाँ लगा दिया। भगाया महादेव ने उसे अपने किता से...

जब तोहर हे कोशिका भेल सिंघेसर से अपमान
घाटे-घाटे नैया डुबैलें..."

"बाबा!" किसी ने टोक दिया, "आप बहुत गुस्से में हैं क्या?"

"नहीं आए गुस्सा?" बाबा और भी गुस्से में आ गए, "कौन गुस्से में नहीं है? क्यों नहीं आए गुस्सा? यह कोशी तो हत्यारिन है, पापिन है। कैसी अलबेली नार! लोग पानी मे डूब रहे हैं, मर रहे हैं, और इस ससुरी पर शौक चढ़ा है पान खाने का!

पान बिनु आ हो सेबक मुँहमा मलिन भेलै...

कोई पोदन दास से पूछ बैठा "बाबा! जब यह कोशी इतनी मार-काट मचाती है तो फिर आप लोग उसके गीत क्यों गाते, उसकी पूजा क्यों करते हैं?"

पोदन दास का जवाब आया था, "माँ को नहीं पूजें?" उनके स्वर में तरलता आ गई थी, "यही माँ तो गुस्सा उतर जाने पर फिर हमें हाँक लगाती है, 'आ जाओ, बेटो! तुमने दो मुट्ठी अनाज माँगा था, मैं तुम्हें चार मुट्ठी दूँगी।' इस माँ को हम नहीं पूजें?"

यह सब सुना देने के बाद मैंने श्रीमान से कहा, "दुख में लोग गलियाते हैं ईश्वर को मगर फिर उसके पास ही जाते हैं कुछ माँगने, कुछ पाने। जिस कवि के आप संगी हुए हैं, अब तक वह भी कितने ही देवालयों में जाकर ईश्वर को शीश झुकाया होगा। आप अभी भी अकेले ही हैं, श्रीमान। आपके पास सिर्फ उस कवि की कविता रह गई है।"

"कविता सच्ची है, शेष सब झूठ," श्रीमान कुछ गरम हो गए थे, "क्या आप मानते हैं कि चार मुट्ठी अनाज कोशी माई देती है, वही कोशी माई जो किसी एक माँ के आठ बच्चों को खा जाती है? कोशी माई कहीं नहीं, वहाँ फकत एक बाढ़ है। कोशी की पूजा? किसी ईश्वर की पूजा? धत्!"

श्रीमान के गुस्से पर मैं मुस्कराया भर और कहा, "यह आस्था का सवाल है, श्रीमान।"

"कैसी आस्था, श्रीकान्त?" उनका जवाब आया, "एक बलात्कारी बाबा को कानून की मार से बचाने के लिए उसके हजारों चेले मारामारी पर उतारू हो जाते हैं। एक बलात्कारी में भी आस्था?"

"वहाँ आस्था का नहीं, पेट का सवाल है। उनके हजारों मरने-मारने वाले चेले अपने पेट के लिए, अपनी रोजी-रोटी के लिए उनके साथ बने रहते हैं। ईश्वर में आस्था, यह अलग बात है, श्रीमान।"

"जो ईश्वर का झण्डा फहरा रहे हैं, वे भी अपने पेट के लिए ही ऐसा कर रहे हैं। क्या उन लाखों मुफ्तखोरों पर आपकी नजर नहीं जा रही जो ईश्वर के नाम-कीर्तन से अपने पेट भर रहे हैं? यह तो देखिए कि आपका ईश्वर किसके पेट काटकर किसका पेट भर रहा है। आपका ईश्वर तो पापियों का संहार करने आया है, वह नवजातों को क्यों मार रहा है। मेरे मयंक को आपके ईश्वर ने ही तो विकलांग बनाया होगा। मैं किसी ईश्वर को नहीं मानता। कोई ईश्वर आदमी के भाग्य नहीं लिखता। कहीं कोई ईश्वर नहीं है। सारा खेल प्रकृति का है और उसके रहस्य को, शायद, हम कभी नहीं जान पाएँगे।"

मैं केवल उन्हें सुनने लायक रह गया था, उनसे कुछ कहने लायक नहीं। जब वे चुप हुए तब मैं बोला, "सर, ईश्वर पर कोई विचार व्यक्त करने की योग्यता मुझमें नहीं है। आज तक जो ज्ञानी-महात्मा ईश्वर की

सत्ता स्वीकार करते आए हैं, उनके पास भी तो कोई सच होगा। एक सच आपके पास भी है, यह मैं मानता हूँ। अभी तक की अपनी जिन्दगी में मैं तो इस लायक भी नहीं हुआ हूँ कि कोई अपना सच पा लूँ।"

"सच तक पहुँचने के लिए," उन्होंने आसन से उठते हुए कहा, "आप धरती की ओर देखें, श्रीकान्त, आकाश की ओर नहीं।"

इस वार्तालाप के तीसरे-चौथे दिन ही मुझे एक और कविता पढ़ने को मिली थी जो लगभग श्रीमान के पक्ष में जाती थी मगर अगली कई मुलाकातों के बाद भी मैंने यह कविता उन्हें पढ़ने को नहीं दी। कविता की कुछ पंक्तियाँ थीं...

क्या देख नहीं रहे हो वहाँ
धरती पर सबसे पुरानी उस कब्र को?
उसमें ईश्वर ही तो सोया हुआ है;
वह तो मरा हुआ पैदा ही हुआ था।

मगर मैंने देखा है,
इस ईश्वर के भूत को।
ईश्वर के भूत को,
धरती पर,
हर घर में देखा है।

मयंक के शुभाकांक्षी मोहल्ले में और मोहल्ले के बाहर भी कितने ही लोग थे जो श्रीमान के प्रिय और प्यारे हो गए थे मगर इनमें सबसे प्यारा उनका अखबार वाला था।

इसलिए तो नहीं कि वह भी विकलांग था?

उसका एक हाथ कटा हुआ था, बाँह भर बची थी। वह रोज बनभाग से आता था, एक हाथ से साइकिल चलाकर, पाँच किलोमीटर का रास्ता

तय कर। वह रात रहते ही बिस्तर छोड़ देता होगा; तभी तो पाँच बजते-बजते श्रीमान को अखबार मिल जाया करता था। कभी-कभी अखबार पहले आ जाता था, श्रीमान बाद में जगते थे। जब जगे मिलते थे श्रीमान, टहलते हुए या ब्रश करते हुए तो वह एक मिनट साइकिल रोककर श्रीमान से मयंक का हाल-चाल पूछता था। मयंक से उसकी मुलाकात होती थी महीने में एक बार, जब वह अखबार के पैसे लेने आता था। उस दिन वह मुस्कराकर, हँसकर मयंक से ही उसका हाल-चाल पूछ बैठता था।

उस दिन जब सुबह-सुबह श्रीमान अखबार लिये हुए मेरे पास आए तो मैंने कुछ अचरज से पूछा, "अखबार देख रहा हूँ?"

मुझे लगा था कि ये सुबह-सुबह मुझे अखबार का कोई समाचार पढ़ाने अपने घर से तेज चाल से चलकर मेरे घर आए हैं। मुझे अच्छा नहीं लगा था। अखबार तो मेरे पास भी आता ही है, कुछ देर से ही सही। ऐसा क्या समाचार होगा जो मेरे पास आने वाले अखबार में नहीं होगा या जब मुझे अखबार पढ़ने को मिले तब तक वह समाचार बहुत बासी हो चुका होगा।

उन्होंने कुछ खिन्न स्वर में जवाब दिया, "हाँ, अखबार खरीदने के लिए निकला था मैं। दो दिनों से मेरा अखबार वाला आ नहीं रहा है। नागा करने वाला शख्स नहीं है वह। मुझे तो अब चिन्ता हो रही है।"

"इसमें चिन्ता की बात तो नहीं है, श्रीमान," मैंने कहा, "हो सकता है, घर पर कोई जरूरी काम लग गया हो; हो सकता है, किसी जरूरी काम से दो-चार दिनों के लिए घर से बाहर ही जाना पड़ गया हो; हो सकता..."

"हो सकता है," वे बीच में ही बोल गए, "बीमार पड़ गया हो।"

मैंने उनके चेहरे की ओर देखा और मन्द स्वर में बोला, "हाँ...हो सकता है..."

"मैं यह भी तो नहीं जानता," बहुत उदास स्वर था उनका, "कि बनभाग में उसका घर किधर है। मैं कैसा आदमी हूँ कि कभी उसका नाम तक नहीं पूछा!"

"कितनों के नाम याद रखेंगे, श्रीमान!" मैं बोला, "ढेर सारे लोग बहुत पास आते हैं और फिर बहुत दूर चले जाते हैं।"

कुछ रुककर उन्होंने कहा, "वह अखबार वाला मयंक के बहुत पास आ गया है, इसलिए मुझसे बहुत दूर नहीं जा सकेगा। जाने को तो मैं आपसे भी कुछ दूर जा रहा हूँ। रहने को तो मैं हमेशा आपके पास रहूँगा मगर आपको लगेगा, और कुछ-कुछ मुझे भी, कि मैं आपसे कुछ दूर हो गया हूँ।"

"मैं समझा नहीं, श्रीमान।"

"मैं," उन्होंने मुस्कराते हुए कहा, "गाँव जाने को सोच रहा हूँ, श्रीकान्त।"

"गाँव!" मुझे भारी अचरज हुआ था।

"हाँ, श्रीकान्त।"

मुझे लगा कि उन्होंने पोख्ता निर्णय ले लिया है; लगा कि वे गाँव जाने का निर्णय कुछ पहले ही ले चुके थे, मुझे देर से जानने दिया।

श्रीमान मुझे वह सुना गए जो मैं सुनना नहीं चाहता था। मगर मुझे अचरज इस बात का हो रहा था कि सुविधाओं को छोड़कर वे असुविधाओं के बीच क्यों जा रहे हैं!

मैंने उनसे कहा, "अब तो लोग गाँवों से शहरों की ओर भाग रहे हैं, श्रीमान; आप हैं कि शहर छोड़कर गाँव जा रहे हैं! पूर्णिया छोड़कर गोकुलपुर! अब आप गोकुलपुर में रह सकेंगे क्या?"

"क्यों?" वे मुस्कराए थे।

"आप यहाँ की सुविधाओं के अभ्यस्त हो चुके हैं, सर। आप गाँव में टिक नहीं सकेंगे। यहाँ सुबह-सुबह अखबार मिल जाता है पढ़ने को; गाँव में तो मिलेगा नहीं। यहाँ इन्टरनेट की सुविधा है। आपकी उम्र के लोग तो हमेशा डॉक्टर और अस्पताल के निकट रहना चाहते हैं। चाची जी का स्वास्थ्य ठीक नहीं रहता है और उन्हें जब-तब डॉक्टरों के पास जाना पड़ता है। आपको भाग-भागकर पूर्णिया आना पड़ेगा। आप निश्चिन्त होकर गाँव

में नहीं रह सकते। यहाँ आपको देखता हूँ कि जरूरत की चीजें खरीदने के लिए रोज ही दो-एक बार घर से बाहर निकलते हैं। कभी-कभी बहुत आवश्यक चीजों के लिए आप तरस जाएँगे गाँव में। यह तो सम्भव नहीं होगा कि जरूरत की चीजें हर रोज पूर्णिया से मँगवा लें। आप कष्ट में पड़ जाएँगे, सर।"

"आपके दिमाग में गाँव का जो नक्शा है, वह कुछ पुराना है, श्रीकान्त, बीस-तीस-चालीस साल पहले का या उससे भी पुराना। तब सचमुच बहुत कष्ट थे गाँव में। वह बैलगाड़ी का जमाना था। बैलगाड़ी से दो-दो दिन बलुई सड़क पर चलकर लोग लम्बी दूरी तय करते थे अपने गन्तव्य तक पहुँचने के लिए। शादी-ब्याह तक के लिए लोग इलाके से बाहर निकलना नहीं चाहते थे, दुलहा का दुबारा ससुराल जाना दुष्कर हो जाता था, दुलहिन का मायके छूट जाता था। बरसात के दिनों में हाल और भी बुरा होता था। गाँव पानी से घिर जाता था। गृहस्थ अपनी गृहस्थी का जुगाड़, रोगी अपनी दवा-दारू का इन्तजाम, बेटी और बहू की विदाई—सब बरसात के पहले। अब कोई गाँव पहले का गाँव नहीं रहा, श्रीकान्त। मेरा गोकुलपुर बहुत बदल गया है। जहाँ कभी छोटी-सी हाट लगती थी, वहाँ अब छोटा-मोटा बाजार उग आया है। वहाँ के बनिए जरूरत की सारी चीजें उपलब्ध करा रहे हैं। दो-तीन दवा की दुकानें खुल गई हैं। कोई दवा आपको आज नहीं मिली तो कल जरूर मिल जाएगी। मेरे गोकुलपुर से रोज तीन-चार बसें पूर्णिया आती हैं। महज दो घंटे में पहुँचा देती हैं। अखबार वाला रोज अखबार दे जाता है कुछ अधिक पैसे लेकर, क्योंकि उसे अखबार बीस किलोमीटर दूर रानीगंज से लाना पड़ता है। इन्टरनेट की सुविधा भी उपलब्ध है गोकुलपुर में। हाँ, साल-दो साल पहले तक यह कष्ट जरूर था कि मोबाइल से बतियाने के लिए लोगों को गाछ पर चढ़ना पड़ता था या किसी के दुमहले पर मगर अब यह कष्ट भी दूर हो गया है। अब गाँव किसी के भी रहने लायक हो गया है, श्रीकान्त।"

"यह मैं मान लेता हूँ, श्रीमान," मैंने कहा, "कि अब गाँव रहने लायक हो गया है मगर आप पूर्णिया से इस तरह जुड़े हुए हैं कि गाँव में आपका मन नहीं लगेगा।"

"मैं भी आपकी यह बात मान लेता हूँ," श्रीमान बोले, "कि मेरा मन शायद नहीं लगेगा मगर अब मैं अपने मन लगने-लगाने की बात तो नहीं कर सकता। हो सकता है, कुछ कष्ट भी हो मुझे पर यह कष्ट तो मुझे उठाना ही पड़ेगा। कभी मैंने आपको एक किस्सा सुनाया था कि मयंक की दादी मयंक के लिए अपनी पूरी जिन्दगी दिल्ली में एक अकेले मयंक के साथ गुजार देने के लिए तैयार हो गई थी। मैं मयंक के लिए इतना कष्ट तो उठा ही सकता हूँ कि गाँव में जाकर रहूँ।"

"मयंक का गाँव जाना जरूरी है क्या?"

"हाँ, श्रीकान्त, अब जरूरी हो गया है," उन्होंने सुनाया, "छह-सात दिन पहले मैं रोज की तरह मयंक को घुमाने निकला था। वह शोर-शराबे और तेज आवाज से बहुत घबड़ाता है और मेरा प्रयास रहता है कि उसे इन सब का अभ्यस्त बना दूँ। बस पड़ाव के निकट ही एक सभा चल रही थी और लाउडस्पीकर से तेज आवाजें आ रही थीं। मैं मयंक को लिये उधर ही बढ़ गया। मगर मैं ज्यों ही सभा के समीप पहुँचा, मयंक मुझसे हाथ छुड़ाने लगा। मैंने उसका हाथ कसकर पकड़ा मगर उसने हाथ छुड़ा लिया और एक ओर भागा। मुझे उसके पीछे दौड़ना पड़ा। लोग-बाग जमा होने लगे कि क्या बात है। एक तमाशा खड़ा हो गया। मैं किसी तरह मयंक को साथ लिये घर लौट आया। मैं देर तक सोचता रहा कि अब मयंक को सँभालना मेरे वश में नहीं रहा। दिनोंदिन मैं कमजोर होता जा रहा हूँ और मयंक बलवान। अब मयंक को इस घर में बन्द कर रखा भी नहीं जा सकता। यह शहर काफी सिकुड़ गया है मयंक के लिए। अब इसे खुली जगह गाँव में ही मिलेगी। इसे गाँव जाना पड़ेगा, जहाँ इसके खेलने-कूदने के लिए काफी जगह है। उसका गाँव जाना जरूरी है तो उसके साथ मेरा जाना भी जरूरी है। पत्नी तो शायद इसके लिए पहले से तैयार बैठी थी; हमने निर्णय ले लिया गाँव में रहने का।"

"आप जाने के पहले इतनी व्यवस्था तो कर ही लें, श्रीमान, कि आपके कष्ट भरसक कम हो जाएँ।"

"गाँव के बहुत सारे कष्ट अब दूर हो गए हैं, श्रीकान्त," उन्होंने बताना शुरू किया, "बचपन में हम बैलगाड़ी से बनमनखी आया करते थे।

लगभग हर घर में एक साइकिल होती थी बनमनखी आने-जाने के लिए। बरसात के दिनों में हमारा गाँव एक द्वीप बन जाता था और गाँव से बाहर जाना सम्भव नहीं होता था। अब वैसी बात नहीं है। सड़कें बन गई हैं और मैं बस में पूर्णिया में चढ़ता हूँ तो अपने घर के दरवाजे पर उतरता हूँ। गाँव में बिजली आ गई है। वहाँ भी मेरा इन्टरनेट चालू रहेगा।"

"वहाँ आपका मन लगेगा, श्रीमान?"

"खूब मन लगेगा, श्रीकान्त," वे बोल गए, "मुझे तो लगता है कि अब मेरे लिए भी बेहतर जिन्दगी गाँव में ही है। वहाँ बाग-बगीचे हैं, बोलने-बतियाने वाले लोग हैं। यहाँ एक आप हैं मेरे पास; और कोई नजर आता है? शहर जितना बड़ा होता है, अपना घर उतना ही छोटा पड़ जाता है। गाँव छोटा होता है मगर घर बड़ा हो जाता है। मयंक अब यहाँ के छोटे घर में रहने लायक नहीं रहा। वह अब गाँव में ही सुरक्षित और स्वस्थ रहेगा। और, मयंक के साथ मुझे भी तो जाना ही पड़ेगा। मयंक का जहाँ मन लगे, वहीं तो मुझे भी अपना मन लगाना है।"

मैं कुछ देर उन्हें निहारता रहा और फिर बोला, "आपसे मुलाकातें तो होती रहेंगी, सर।"

"अवश्य," उन्होंने मुस्कराकर जवाब दिया, "मैं हर महीने आया करूँगा आपसे मिलने, कभी-कभी एक पन्द्रहिया के बीतते ही। जब भी मन उचटेगा, चला आऊँगा आपके पास। मैं अपनी जरूरत से आया करूँगा, श्रीकान्त; मयंक की कहानी भी तो आपसे लिखवानी है मुझे।"

मैं खिलखिला उठा था।

उनके जाने के पहले मैंने पूछा, "आपने कोई तिथि तय कर ली है पूर्णिया छोड़ने की?"

"नहीं, अभी नहीं," वे बोले, "अभी मैंने ऐसा सोचा भर है। निर्णय, आखिरी निर्णय, शोभा को लेना है, और तिथि भी वह ही तय करेगी।"

यह तो मैंने माना कि मेरे श्रीमान 'दुखिया दास कबीर' हैं मगर यह कैसा दुखिया जो आज इस बात से दुखी हो रहा है कि हजारों साल पहले विकलांग

बच्चों और नवजात शिशुओं को मार डाला जाता था, उनके खून से देवी-देवताओं का अभिषेक किया जाता था, रोम में माँ दिनदहाड़े नवजात को टीबर नदी में फेंक दिया करती थी, रूस में औरतें अपने बच्चों को भेड़ियों के आगे डाल आती थीं, कहीं बच्चों को मारकर कुत्तों को परोस दिया जाता था, देवता बाल हेमोन की मूर्ति के आगे धधकती चिता में बच्चों को डाल दिया जाता था। इससे भी एक कदम आगे यह कि उन सारे बच्चों में उन्हें अपना मयंक दिखने लगा है—टीबर नदी में फेंका जा रहा मयंक, भेड़ियों के आगे डाल दिया गया मयंक, कुत्तों को परोस दिया गया मयंक, धधकती चिता में डाल दिया गया मयंक।

यह कोई अच्छी स्थिति नहीं थी श्रीमान के लिए। उन्होंने खुद भी स्वीकार किया था कि यह कोई जहर ही है जो उनके अन्दर आ गया है जो हजार साल पहले हुआ था, वह आज भी उनके अन्दर दर्द पैदा कर रहा है, लोगों की नजर में उन्हें पागल बना रहा है।

मेरे लिए यह बिलकुल स्पष्ट था कि उनके अन्दर यह जहर मयंक ने ही डाल दिया था; स्पष्ट था कि वे मयंक के कारण सुविधाओं का त्याग कर असुविधाओं के बीच रहने जा रहे हैं, शहर को छोड़ देहात की ओर।

मैंने श्रीमान को अपने 'कुबोल' सुनाने के लिए अपना जी कड़ा किया। एक दिन उनसे कहा, "सर, आपकी उम्र हो गई है कि आप हमारे शास्त्रों के बताए वानप्रस्थ आश्रम में प्रवेश कर जाएँ। आप ऐसा कर भी रहे हैं, नगर छोड़ वन की ओर जा रहे हैं।"

"वन की ओर?"

"हाँ, शहर छोड़ गाँव की ओर," मैं हँस पड़ा था और आगे कहा, "अब आपको गार्हस्थ्य आश्रम से चित्त हटा लेना चाहिए। अब आपकी उम्र हो गई है, श्रीमान, पूर्ण वैराग्यसंपन्न हो जाने की। घर-गृहस्थी का पूरा भार आप अपने बेटों पर डाल दें और जग-जंजाल से मुक्त होकर शान्तिपूर्वक अपना समय गुजारें।"

"यह तो मैं कर ही रहा हूँ, श्रीकान्त; घर-गृहस्थी का पूरा भार बेटों को सौंप दिया है।"

"मयंक को तो नहीं सौंपा; उसे अपने हिस्से में रख लिया है।"

"मयंक को भी सौंपा जाता?"

"हाँ, श्रीमान, अब आपको पूरी तरह चिन्तामुक्त हो जाना है। अब मयंक का पिता मयंक के लिए सोचे। आप अपने सारे बन्धनों को काट दें, मयंक का मोह त्याग दें। आपने अपने जीवन में मयंक के लिए जो कुछ करना था किया, अब आगे जो कुछ करना होगा मयंक के माँ-बाप करेंगे। और, श्रीमान, हर हाल में आपको भगवान का भरोसा करना पड़ेगा। न आप अपनी नाव में मयंक को बैठाकर पार लगा देंगे और न हेमन्त ही ऐसा कर पाएगा। अब आप मयंक का मोह त्याग दें, श्रीमान।"

"मोह त्याग दूँ?"

"हाँ, श्रीमान।"

"मयंक का मोह?"

"जी।"

वे मौन हुए। मुझे लगा कि वे मेरी सलाह पर गौर कर रहे हैं और अपनी हाँ सुनाकर ही जाएँगे।

उन्होंने मौन तोड़ा, "भागलपुर में मेरे एक मित्र के घर एक बुढ़िया दाई आती थी घर का काम-काज करने। बुढ़िया को अपने घर में भारी कष्ट था। उसकी पतोहू का बोली-व्यवहार बहुत ही बुरा था। बुढ़िया को खाने-पीने से लेकर कपड़े-लत्ते तक का कष्ट था। एक दिन बुढ़िया ने मित्र की पत्नी को अपना दुखड़ा सुनाया था और बोली थी, "क्या करूँ, मेमसाहब, मेरा बूढ़ा तीन साल पहले गुजर गया। अब किसके बल पर उछलूँ-कूदूँ? रहना भी है उसी घर में, पतोहू की लात के नीचे। तकदीर में जो लिखा है वह भोग रही हूँ।

"बूढ़ी पिछले दस बरसों से मित्र के घर काम कर रही थी। वह ऐसी दाई थी कि दो-चार दिनों के लिए उस पर पूरा घर छोड़कर भी कहीं जाया जा सकता था। मित्र की बदली सहरसा हो गई तो मित्र की पत्नी को लगा कि इतनी भली, ईमानदार और कर्मठ दाई सहरसा में मिले ना मिले। उसने दाई से कहा, 'हमलोग सहरसा जा रहे हैं। तुम भी अपनी पतोहू से पिंड छुड़ाकर हमलोगों के साथ चलो। तुम्हें कभी किसी चीज का कष्ट होने नहीं

देंगे। जैसे हम रहेंगे, वैसे ही तुम्हें भी रखेंगे। अब हमारे घर में ही तुम मरना। तुम्हारा क्रिया-कर्म भी हम करेंगे। बोलो, क्या कहती हो?'

"बुढ़िया ने मुँह बिचका दिया, 'ऊँह, पोता-पोती को छोड़कर जाऊँ! कष्ट देती है पतोहू तो दे; पोता-पोती के मुँह देखकर सब कष्ट भुला देती हूँ। नहीं, मेमसाहब, नहीं जाऊँगी मैं; मैं अपना घर-बार छोड़कर कहीं नहीं जाऊँगी।'

"अब बताइए, श्रीकान्त, कि बुढ़िया को किस मोह ने घेरा?"

मैं कुछ बोला नहीं; मेरा उत्तर वे जान रहे थे।

उन्होंने दम नहीं लिया, "एक घर में एक ससुर था, एक पतोहू। पतोहू की नजर में ससुर बेहद निर्लज्ज, लोभी, आलसी, बहानेबाज, बगुलाभगत, लबारी और बेहद खतरनाक था। ससुर की नजर में पतोहू खाँटी चंडालिन, बेहद चालबाज, बदजबान, कमीनी, टेढ़ी और किसी डायन की औलाद थी।

एक दिन पतोहू ससुर का ओसारा बुहार रही थी तो उसी वक्त सुबह की चाय नहीं पी पाने का बूढ़े का गुस्सा फूट पड़ा और उसने अपनी छड़ी पतोहू की पीठ पर कसकर जमा दी। दर्द से तिलमिला उठी पतोहू और बोल गई, 'मरो बुड्ढा, अब थूक-खखार में ही मरो-सड़ो।'

ससुर को पतोहू की किसी भीषण तैयारी का आभास नहीं हुआ। टाटी की छेद से झाँककर उसने देखा कि आँगन में पतोहू चूल्हे पर तसला चढ़ाकर भावशून्य मुद्रा में तसले को निहार रही है। बूढ़ा अपनी छड़ी के साथ आँगन में घुसा। पतोहू ने देखा और सावधान हो गई। दो-चार कदम चलकर ससुर बोला, 'एक गिलास पानी दो।' पतोहू ने सोचा कि पानी देने जाए या नहीं और फिर अपनी सुरक्षा पर ध्यान देते हुए एक गिलास पानी ससुर की ओर बढ़ा दिया। पानी का गिलास थामते हुए ससुर बोला, "आज सुबह से ही तबीयत बहुत खराब है। तुम्हें चोट तो नहीं लगी?'

"मैं ऐसे कई बूढ़ों के किस्से सुना सकता हूँ, श्रीकान्त जो किसी गुस्से में घर से निकल तो पड़ते हैं फिर कभी लौटकर नहीं आने के लिए मगर हर बार गुस्सा पीकर लौट आते हैं। सारे बूढ़ों को मोह घेरे रहता है।

"आप मुझे कह रहे हैं अपने सारे बन्धनों को काट देने के लिए,

मयंक का मोह त्याग देने के लिए। शायद यह सम्भव हो कि मैं सारे बन्धनों को काट दूँ मगर मयंक का बन्धन मैं नहीं काट सकता, ऊँहूँ...मयंक!... मेरा मयंक!...

"आपकी सलाह मैं मानने को तैयार हूँ, श्रीकान्त मगर मुझे वह मंत्र बताइए जिसका मैं जाप करूँ और मेरे सारे बन्धन टूट जाएँ, मैं हर मोह से दूर हो जाऊँ। है कोई ऐसा मंत्र आपके पास?"

मैंने ना में सिर हिला दिया।

वे विदा होने के लिए उठे, दो कदम आगे बढ़े और फिर मुड़कर मुझसे कहा, "अगर आप कोई ऐसा मंत्र ढूँढ़ भी लाते हैं तो मैं उस मंत्र का जाप नहीं करूँगा।"

मैं ठठाकर हँस पड़ा और श्रीमान मेरी हँसी में शरीक हुए।

मैं जब पहली बार श्रीमान के घर गया था तो उनके पुस्तकालय को देखकर दंग रह गया था। अचरज पर अचरज यह हुआ था कि इस पुस्तकालय में सिर्फ इतिहास की पुस्तकें ही नहीं, भिन्न-भिन्न विषयों की पुस्तकें भी थीं—कई-कई विश्वकोश, चिकित्सा की कई पुस्तकें, टोना-टोटका की पुस्तकें, महापुरुषों की जीवनियाँ, चाणक्य का अर्थशास्त्र, वात्स्यायन का कामसूत्र भी...

मेरे मन में यह प्रश्न उठ गया था कि क्या सचमुच इन्होंने सारी किताबें पढ़ ली हैं? मैं किसी मुँहफट की तरह यह प्रश्न उनसे पूछ तो नहीं सकता था। मगर मुझे बहुत शीघ्र ही इस प्रश्न का जवाब मिल गया। मैं उनके पुस्तकालय की जिस किसी पुस्तक के पन्ने पलटता था, उस पर उस पुस्तक के पढ़ लिये जाने के निशान मिल जाते थे।

पूछे जाने के लिए ढेर सारे प्रश्न मेरे मन में उगे थे..."सर, आपने कभी टोना-टोटका किया है क्या; देख रहा हूँ 'गिद्ध तंत्र', 'कौआ-तंत्र,' 'उल्लू तंत्र?"'..."टोना-टोटका किसलिए?"...नहीं, यह प्रश्न मैं नहीं कर सकता।...पूछने को तो मैं यह प्रश्न भी पूछ सकता था अधिकार के साथ, "सर, कामसूत्र' पढ़कर..." इश्श! सर से ऐसा प्रश्न!

सोच-समझकर मैंने उनसे पूछा, "आपके पास, श्रीमान, ज्ञान का भंडार है, आपकी पढ़ी पुस्तकों में ढेर सारे महापुरुषों के अमृत-वचन हैं; आपको ऐसा कोई सूत्र नहीं मिला जो बताए कि आपकी इस दुनिया को जिसे आप बदसूरत मान रहे हैं, खूबसूरत बना सके?"

"हाँ, मिला तो।"

"क्या मिला, श्रीमान?"

"कबीर का 'ढाई आखर' मिला—

पोथी पढ़ पढ़ जग मुआ, पंडित भया न कोय।
ढाई आखर प्रेम का, पढ़ै सो पंडित होय।"

"बस, ढाई आखर?"

"नहीं, कुछ और भी। इस 'ढाई आखर' के साथ ही मुझे मिला उपनिषद से 'वसुधैव कुटुम्बकम्'...

अयं निज: परो वेति गणना लघु चेतसाम्।
उदारचरितानां तु वसुधैव कुटुम्बकम्।

बस, इतना कुछ; इसके बराबर कहीं कुछ नहीं। जिस दुनिया को आज मैं बिलकुल सौन्दर्यहीन मान रहा हूँ, वह सुन्दर हो जाएगी, बहुत ही सुन्दर। इस दुनिया में मेरा मयंक रह लेगा, मजे में रहेगा।"

"ऐसा क्या होगा, श्रीमान, कि आपकी बदसूरत दुनिया मयंक के लिए खूबसूरत हो जाएगी?"

"'ढाई आखर' और 'वसुधैव कुटुम्बकम्' इस दुनिया को खूबसूरत बना देंगे। तब ऐसा नहीं होगा कि किसी मैदान में नर-मुंडों और अस्थियों का ढेर लगा हुआ मिलेगा, बन्दूकधारी सिपाहियों के आगे भागती हुई भीड़ नजर आएगी, भागती भीड़ के आगे कोई नंगी बच्ची चीखती-चिल्लाती दिख जाएगी। तब किसी बन्दूक की नोंक पर कोई शिशु टँगा हुआ नहीं मिलेगा। आज माँ-बाप के मरने पर बच्चा अनाथ क्यों कहा जाता है, अनाथ क्यों हो जाता है? क्या उसके सारे सगे-संबंधी अनाथ हो जाते हैं, गाँव अनाथ हो जाता है, देश अनाथ हो जाता है? मेरा मयंक भी किसी दिन

अनाथ हो जाएगा, श्रीकान्त, इसीलिए आपकी यह दुनिया मुझे बदसूरत लग रही है।"

"सर," मैंने कहा, "आप जितना कुछ कर सकते थे मयंक के लिए, उतना कर दिया आपने या कर देंगे। अब जो आपके वश में नहीं है, उसके लिए सोचना छोड़ दीजिए। आप अकेले दुनिया को बदल तो नहीं सकते।"

"दुनिया तो...बदल...सकती है।" कुछ रुक-रुककर बोले श्रीमान।

"कैसे?" मैं झट पूछ बैठा।

"जैसे मैं बदल गया।"

"आप बदल गए?"

"हाँ जो मैं मयंक के पहले था, वह मयंक के आने के बाद नहीं रहा।"

"आप बदल गए हैं?" मैंने कुछ अचरज से पूछा।

"एक अकेला मैं ही नहीं, दुनिया में बहुत सारे लोग अचानक बदल गए हैं। धन्ना सेठ फकीर हो गया है; नर-मुंडों की मीनार खड़ी करने वाला अपने प्यारे कुत्ते की मौत का दुख झेल नहीं पाया और मर गया; अशोक ने जिस हथियार से विजय प्राप्त की, उसी हथियार को अलविदा कह दिया; कितना बड़ा हत्यारा था अंगुलिमाल! वह बुद्ध की शरण में चला गया। ऐसे कितने ही लोग हुए हैं, श्रीकान्त जो बदल गए, बिलकुल बदल गए। इन सबके अन्तस्तल में करुणा की बूँदें दबी हुई थीं जो फूटकर निकल नहीं पा रही थीं। कुछ-कुछ इन सबकी तरह ही मैं भी बदल गया हूँ।"

"क्या बदल गया आपमें, श्रीमान?"

"ऐसा नहीं था कि मयंक के आने के पहले मेरे अन्दर करुणा थी ही नहीं," वे तौल-तौलकर बोल रहे थे, "मगर मैं बाहर से कठोर अवश्य था। अगर मैं किसी मन्दिर की दान-पेटी में दस-बीस पैसे नहीं डालता था तो किसी भिखमंगे को भी दो-चार पैसे नहीं देता था। मुझे मन्दिरों के पुजारी मुफ्तखोर दिखते थे और मैं यह मानने लगा था कि भिखारियों की समस्या सरकार हल करे। मयंक के आने के बाद मैं तो ईश्वर को भी नकार रहा हूँ मगर दीन-दुखियों के प्रति मेरा व्यवहार बिलकुल बदल गया है। किसी भी भूखे और अपाहिज को देखता हूँ तो मेरी आँखों के सामने मेरा

मयंक आ जाता है। मैं कभी यह सोच भी नहीं सकता था कि किसी दिन मैं किसी भिखमंगे को एक जैकेट देने के लिए घर से निकलूँगा और बेसब्री से उसे ढूँढूँगा।

"एक बार मैं रेलगाड़ी से मुम्बई से पटना आ रहा था। शीतलहरी चल रही थी। रात में एक गरीब परिवार हमारे डिब्बे में चढ़ा—पति, पत्नी और उसकी गोद में सिकुड़ा-सिमटा एक शिशु। तन ढँकने के लिए कोई कपड़ा नहीं। भोर तक का सफर था उनका। शीताकुल पत्नी के मुँह से सिसकारी फूटने लगी थी। मुझे लगा कि भोर होने के पहले ही बच्चा दम तोड़ देगा।

"मेरी अटैची में एक अतिरिक्त ऊनी चादर थी। मेरे जी में आया कि वह चादर उन्हें दे दूँ, बच्चे के प्राण बच जाएँगे। मैं सेचता ही रहा, और कब तो मुझ नींद आ गई। सुबह उठते ही मैं उन्हें देखने गया। उन्हें नहीं देखा। वह घटना मुझे जब कभी याद आती है, मैं सिहर उठता हूँ। मुझे लगता है, मैंने हत्या की है। जहाँ कहीं रेलगाड़ी से उतरा होगा वह परिवार, पत्नी की गोद में बच्चे की लाश रही होगी।

"एक बार मैं मुम्बई में ही दोपहर में एक रेल ओवरब्रीज पार कर रहा था। एक महिला भिखारिन मुझसे टकरा गई; बोली, 'कुछ पैसे दोगे, बाबू? सुबह से भूखी हूँ।' उसके चेहरे और कपड़े की चमक देखकर तो मुझे यही लगा कि कोई सेठानी भीख माँग रही है। मैं रास्ता काटकर निकल गया।

"रात में सोने से पहले वह सेठानी मेरी आँखों के सामने आ गई। मैं सोचने लगा, न जाने किन परिस्थितियों में वह घर से बाहर निकली भीख माँगने! क्या वह सचमुच भूखी थी? क्या किसी दुष्काल में फँस गई थी? या, वह एक ठगनी ही थी? सोने से पहले मैंने अपने मन को यह कहकर जबरन शान्त किया कि वह ठगनी ही थी।

"जरूरतमन्दों को मदद करने की बात तो मेरे मन में आती थी, श्रीकान्त मगर किसी ठग-ठगनी को मैं बरदाश्त नहीं कर सकता था। कबीर का एक दोहा मैंने बहुत पहले भी पढ़ा था पर कबीर के और दोहों की तरह इसे भी पढ़ भर लिया। इधर यह दोहा फिर मेरी नजरों से गुजरा और मुझे झकझोर गया। दोहा है—

कबीर आप ठगाइए, और न ठगिए कोइ।
आप ठग्यां सुख ऊपजै, और ठगयां दुख होइ।

इस दोहा को पढ़ते ही मुझे यह घटना याद आई और मैं ग्लानि से भर गया। दस-बीस पैसे ही तो...अब दोहा याद नहीं आता, यह घटना याद आती रहती है।

"इस दोहा को दूसरी बार मैंने मयंक के आने के बाद ही पढ़ा था।"

मैं भारी मन से उनकी बातें सुनता रहा। जब वे चुप हो गए तब मैंने कहा, "एक मयंक को आपने पहाड़ बना दिया है, श्रीमान, जबकि अब वह राई बराबर भी नहीं रहा। दुनिया में बहुत दुख हैं, बहुत दुखियारे हैं। आपके पास एक मयंक है, आप बस उसकी चिन्ता करें। और, उसके लिए भी क्या चिन्ता? आपने तो इतना कुछ कर दिया है कि अब उसे कभी कोई दुख भोगना नहीं पड़ेगा।"

"आप कहते हैं 'इतना कुछ कर दिया', और मैं सोचता हूँ कि कितना भी कुछ कर दूँ, इस बदसूरत दुनिया में मयंक सुरक्षित नहीं है। इतिहास में ऐसा भी सम्राट् हुआ है जो अपने वंशजों के लिए एक विशाल साम्राज्य छोड़कर जा रहा था और इस विश्वास के साथ मरा था कि अगले दस हजार वर्षों तक उसके वंशज राज करते रहेंगे। हुआ यह कि उसके मरते ही उसका साम्राज्य बिखर गया और उसके वंशजों का नामोनिशान तक मिट गया। अखबार में पढ़ा था कि मुगल बादशाहों और नवाबों के वंशज कोलकाता में ताँगा चला रहे हैं। इस बदसूरत दुनिया में कोई सुरक्षित नहीं है, अगर यह दुनिया बदलती नहीं है; मयंक तो बिलकुल नहीं। क्या माँगता है यह बच्चा?—प्यार और परिवार। अपनों का प्यार मिले और उसका परिवार उसका पूरा गाँव हो, जवार हो, देश हो...उसके बाद ही तो हम 'वसुधैव कुटुम्बकम्' की ओर कदम बढ़ा सकते हैं। 'वसुधैव कुटुम्बकम्' में तो करोड़ों मयंक समा जाएँगे, श्रीकान्त। अब मेरा मयंक एक नहीं रहा; उसने मुझे करोड़ों मयंकों से जोड़ दिया है। और, श्रीकान्त, सुन लीजिए, किसी एक की नजर में भी अगर यह दुनिया बदसूरत है तो फिर यह खूबसूरत कैसे हो गई!"

"दुनिया तो अपनी चाल से चलेगी, श्रीमान; हम उसकी चाल बदल तो नहीं सकते।"

"मैं कैसे बदल गया, श्रीकान्त? एक मयंक की जगह करोड़ों मयंको से कैसे जुड़ गया? दुनिया बदल सकती है, श्रीकान्त।"

"मगर, कैसे?"

"अब इस पर केवल मैं ही नहीं सोचूँ; आप भी सोचें।"

बात यहीं समाप्त कर श्रीमान उठे और मुस्कराते हुए चले गए।

इधर अचानक 'हमला' नहीं होता था श्रीमान का। अब वे फोन का इस्तेमाल करने लगे थे और हर 'हमला' की सूचना मुझे फोन पर दे दिया करते थे। जिस दिन उनके हमले की सूचना नहीं मिलती थी, उस दिन मैं जरा उदास हो जाया करता था।

कई दिनों के बाद जब उस दिन उनका फोन आया तो मैं कुछ अधिक ही खुश हो गया था। मगर 'हमला' की सूचना बाद में मिली, पहले उनका एक प्रश्न आ गया, "आपने कभी कुछ पढ़ा है, श्रीकान्त, पेरो या साइमन के बारे में? बेटी पेरो और पिता साइमन?"

क्षण-दो क्षण मैंने अपने को टटोला और फिर तुरन्त जवाब दे दिया, "नहीं, श्रीमान, मैं तो कुछ नहीं जान रहा।"

"ठीक है, मैं आ रहा हूँ।"

यह 'हमला' सचमुच एक हमला ही था। मुझे उनके सवाल का जवाब जानना चाहिए था, तभी तो उन्होंने मुझसे पूछा था। मैं दुखी हुआ कि मेरे अल्पज्ञान से श्रीमान अवश्य दुखी हुए होंगे, मुझ पर तरस खाए होंगे।

वे कागजों से भरी एक फाइल के साथ आए थे। कुरसी पर आराम से बैठे और शुरू हो गए, "पहले मैं पिता-पुत्री की कहानी सुना दूँ...

"बूढ़े पिता साइमन को भूखा मरने की सजा सुनाकर जेल में बन्द कर दिया गया। काफी अनुरोधों के बाद बेटी पेरो को अपने आसन्नमृत्यु पिता से मिलने की इजाजत दी गई थी। बेटी हर दिन पिता से मिलने जाती थी मगर उसके पहले यह जाँच हो जाती थी कि वह अपने साथ कोई खाने

का सामान तो नहीं ले जा रही। पिता की हालत दिनोदिन खराब होती जा रही थी और बेटी से यह सब देखा नहीं जा रहा था। विवश बेटी को एक उपाय सूझा मगर...पाप...पुण्य...पुण्य...पाप...

"पहरेदारों को यह अचरज हुआ कि बूढ़ा साइमन इतने दिनों तक जिन्दा कैसे है! उन्होंने बाप-बेटी को छिपकर देखा; देखा और स्तब्ध रह गए...बेटी अपने पिता को स्तनपान करा रही थी!

"राजा को खबर की गई। राजा ने बाप-बेटी दोनों को फाँसी की सजा सुना दी। राज्य में इस घटना की खबर नाच गई। समाज में पाप-पुण्य पर बहस छिड़ गई। कुछ लोग गन्दी नजरों से देख रहे थे इसे मगर अधिकांश लोगों ने माना कि यह पिता और बेटी का प्रेम है कि बेटी ने ऐसा किया।

"राज्य में विद्रोह हो गया और राजा को मृत्यु-दंड वापस लेना पड़ा।

"कहानी आपने सुन ली, अब आप," फाइल खोलते हुए उन्होंने कहा, "बाप-बेटी को इन चित्रों में देखिए। रोमन उदारता की बहुत पुरानी कहानी है यह। रोमन इतिहासकार वेलेरियस मैक्सीमस के समय में कुछ ऐसी ही एक कहानी प्रचलित थी। पहली शताब्दी में किसी प्लीनी ने यह वृत्तांत लिखा था। इस कहानी से प्रेरित होकर यूरोप के कितने ही चित्रकारों ने चित्र बनाए। आपके सामने ये सारे चित्र महान चित्रकारों के बनाए हुए हैं।"

मैं एक-एक चित्र को देखने लगा था।

"इस कहानी में राजा को पाप नजर आया था, समाज को पुण्य नजर आने लगा," उन्होंने कहा, "इस पाप-पुण्य पर जब-तब बहस छिड़ती रही है। आपको इसमें क्या नजर आता है, श्रीकान्त,—पाप या पुण्य?"

"पेरो ने निर्णय लेने में कुछ देर कर दी थी, श्रीमान; अगर मैं साइमन की बेटी होता तो जरा भी देर नहीं लगाता।"

"यह तो चित्रों से भी स्पष्ट है कि पिता और पुत्री दोनों के मन में पाप-पुण्य का विचार था। बेटी की आँखों में भय और बाप की झुकी या बन्द आँखों में शर्म।"

"मेरे सामने पाप-पुण्य का नहीं, जीवन और मृत्यु का विचार होता, श्रीमान। आप मेरी कोई परीक्षा तो नहीं ले रहे?"

वे हँस पड़े; कुछ रुककर बोले, "अब तक यह आप जरूर जान रहे

होंगे कि मयंक हर घड़ी मेरे साथ रहता है।"

मैंने मुस्कराकर अपना जवाब दे दिया।

वे बोले, "जब मैं इन्टरनेट पर इस चित्र को निहार रहा था और कुछ देर तक दृष्टि गड़ाए रहा तो मयंक ने कहा, 'दादा, यह चित्र श्रीकान्त चाचा को भी दिखा दो।"'

मैं मुस्करा उठा, "अच्छा! मयंक ने कहा?"

"हाँ।"

"क्यों?"

"उसने मुझसे कहा कि इस चित्र में कहीं वह भी है।"

"इस चित्र में मयंक!" मैंने अचरज प्रकट किया, "कहाँ?"

"इस चित्र में आपने पाप और पुण्य को नहीं देखा। अगर पिता और पुत्री की आँखों में पाप का कोई डर दिखा भी तो आपने उसे दुरदुरा दिया। आपने जीवन को देखा, मृत्यु को देखा। पिता साइमन मृत्यु की ओर बढ़ा जा रहा है और बेटी पेरो अमृत-घट लिये आ पहुँची है। साइमन में मयंक नहीं है क्या? ईश्वर के आदेश से मयंक मानसिक विकलांग है, असहाय, असुरक्षित; उसकी रक्षा में समाज अमृत-घट लिये आ गया है। हजारों साल पहले जन्मी इस बेटी के पीछे आज भी असंख्य लोग आ खड़े हुए हैं।"

"एक मैं भी।" मैं बोल गया।

"मयंक के पीछे भी लोग आएँगे? एक मेरे मयंक के पीछे ही नहीं, करोड़ों मयंकों के पीछे?"

"आएँगे, श्रीमान।"

"कैसे?"

मुझे तुरन्त कोई जवाब नहीं सूझा।

"जैसे," उनका जवाब तैयार था, "पिता के प्रति बेटी के प्रेम ने पूरे समाज को साइमन के पीछे खड़ा कर दिया। इन चित्रों को देखकर हम आज हजारों साल बाद बाप-बेटी के साथ खड़े हो गए हैं। जीवन सुन्दर हो, तभी तो दुनिया सुन्दर हो पाएगी। आप चित्रकार होते तो मैं आपको भी मार्मिक चित्र बनाने को कहता, एक नहीं, कई-कई। आप कहानीकार हैं तो कहानियाँ लिखें, इन मार्मिक चित्रों की तरह ही मार्मिक कहानियाँ। इतिहास

को खंगालेंगे तो ढेर सारे 'मार्मिक क्षण' मिलेंगे आपको। आप कल्पनाओं में विचर सकते हैं मार्मिक क्षणों की रचना करने के लिए। आप जीवन को सुन्दर बनाएँ, जगत को सुन्दर बनाएँ। साहित्य रच सकता है प्रेम का संसार परिवार का संसार, बढ़ा सकते हैं हमारे कदम 'वसुधैव कुटुम्बकम' की ओर।"

चाची जी ने कभी मुझसे कहा था कि जब वे पहली बार ससुराल आई थीं तो उन्हें इस बात का भारी अचरज हुआ था कि जो आदमी पढ़-लिखकर नौकरी करने लगा है, वह अभी भी इतना पढ़ क्यों रहा है। उन्होंने इस 'प्रोफेसर साहब' को देखने के पहले ऐसा पढ़ाकू और कहीं या कभी नहीं देखा था, ऐसा पढ़ाकू जो पढ़ने के चलते लोगों से मिलना-जुलना, बोलना-बतियाना तक बन्द रखे। ऐसी भी क्या पढ़ाई!

उस दिन चाची जी का 'अचरज' मेरे लिए भी एक अचरज हो गया। मैंने भी ऐसा पढ़ाकू अब तक नहीं देखा था। हाँ, पढ़ा था एक साधक के बारे में। साधक का नाम वाचस्पति मिश्र।

वाचस्पति मिश्र का नया-नया विवाह हुआ था। वे एक ग्रंथ लिख रहे थे। लिखने में उन्हें दिन-रात का होश ही नहीं रहता था। रात में दीपक की रोशनी में लिखते थे। दीपक का तेल खत्म होने पर उसमें तेल कौन डालता है, इसका उन्हें पता भी नहीं चल पाता था। एक रात लिखते-लिखते उन्होंने सिर उठाकर देखा कि एक स्त्री दीये में तेल डाल रही है। वे बोले, "आप कौन हैं?" स्त्री ने उत्तर दिया, "मैं आपकी पत्नी भामती हूँ।" वाचस्पति बोले, "अच्छा-अच्छा तो आप मेरी पत्नी हैं!"

वाचस्पति मिश्र के बहुत करीब पहुँचा हुआ पा रहा था मैं श्रीमान को। एक फर्क जरूर था। वाचस्पति मिश्र को अपना ग्रंथ 'भानमति' पूरा करने में बारह वर्ष लगे थे। श्रीमान की पढ़ाई समाप्त ही नहीं हो रही थी।

जब श्रीमान ने मुझे बताया कि अगले हफ्ते वे दिल्ली जा रहे हैं विश्व पुस्तक मेला देखने तो मैं पूछ बैठा, "यों ही मेला देखने जा रहे हैं, श्रीमान, या कोई खास किताब खरीदने?"

"कुछ सोचकर नहीं जा रहा हूँ," उन्होंने कहा, "मगर वहाँ बहुत नई-नई किताबें आई हुई रहती हैं। कुछ तो खरीद ही लूँगा।"

मैं हँस पड़ा और बोला, "अभी कुछ और पढ़ना बाकी ही रह गया है क्या, श्रीमान?"

वे खिलखिलाए।

अच्छी तरह हँस लेने के बाद उन्होंने कहा, "जब मैं अपनी इन सारी किताबों पर नजर डालता हूँ तो मुझे लगता ही नहीं कि मैंने ये सारी किताबें पढ़ डाली हैं। और जब अपने को विश्वास दिलाता हूँ कि ये सारी किताबें मेरी पढ़ी हुई हैं, तब मुझे लगता है कि मेरे ज्ञान में तो कोई वृद्धि नहीं हुई है। मेरा अनुभव बताता है, श्रीकान्त, कि आदमी के ज्ञान का दायरा ज्यों-ज्यों बढ़ता है, त्यों-त्यों उसके अज्ञान का दायरा भी बढ़ता चला जाता है। मुझे कभी लगता ही नहीं कि मैंने बहुत पढ़ा है; लगता है यह कि अभी बहुत कुछ पढ़ना-जानना बाकी ही रह गया है।

"पढ़ने के इस शौक को आप भूख भी मान सकते हैं और रोग भी। एक बार मैं गाँव गया हुआ था तो मेरा एक बटाईदार मेरे पास आया और बोला, 'मालिक, मेरे पढ़ने के लिए कोई किताब है आपके पास?' वह अचानक विशिष्ट हो गया मेरे लिए। मैंने उसे पास बैठाकर बहुत कुछ पूछा।

"बचपन उसका मामा के घर गुजरा था। पढ़ने की आदत उसे वहीं लगी थी। उस गाँव में एक पुस्तकालय था जिससे वह किताबें ले आया करता था। गोकुलपुर में कोई पुस्तकालय नहीं था और न कोई ऐसा आदमी जिससे वह किताबें माँग लाए। वह कभी-कभी सिर्फ किताबों के लिए मामा के गाँव चला जाया करता था। उसे पढ़ने का तब भरपूर समय मिलता था, जब वह भैंस चराता रहता था।"

बोलकर उन्होंने मेरे चेहरे की ओर देखा कि मुझे कोई अचरज हो रहा है या नहीं। मेरे चेहरे पर अचरज का भाव देख लेने के बाद वे आगे बढ़े, "मेरे परिचित एक आटा चक्की के मालिक को भी इस रोग ने जकड़ा था। एक दिन मैं गेहूँ पिसाने गया था तो भीड़ के कारण मुझे रुकना पड़ा। उसने मुझे अपने कमरे में बैठा दिया। वहाँ मैंने किताबों से भरी आलमारी देखी। मैं उससे पूछ बैठा, 'आपको पढ़ने का भी शौक है?' उसने जवाब

दिया, 'शौक नहीं, मास्टर साहब, रोग है। जब तक मैं रात में दो-एक घंटे कुछ पढ़ नहीं लूँ, तब तक मुझे नींद ही नहीं आती है। जिस रात बिजली नहीं रहती, मैं लालटेन जलाकर मच्छरदानी के अन्दर पढ़ता हूँ।' एक बार पचीस-तीस साल पहले मुरलीगंज में एक शिक्षक के घर मेरा जाना हुआ था। उनके पुस्तक के भंडार को देखकर मैं अचंभित रह गया। मैं सोच भी नहीं सकता था कि किसी मामूली-से कस्बे में किसी अनाम पढ़ाकू के पास पुस्तकों का इतना बड़ा भंडार भी हो सकता था। वे लेखक नहीं थे, पत्रिकाओं में उनकी रचनाएँ नहीं छपती थीं; हाँ, लेखकों, संपादकों और पत्रकारों से उनका पत्राचार अवश्य होता था। उन्होंने मुझे ढेर सारे पत्र दिखाए, पढ़ाए।

"ज्ञान की भूख कभी-कभी पेट की भूख से भी अधिक तीव्र होती है, श्रीकान्त, कभी-कभी मौत के डर को भी अनदेखा कर जाती है। आपने चीन के उन ज्ञानार्थियों के बारे में पढ़ा ही होगा जो भूखे-प्यासे दुर्गम रास्तों को तय कर चीन से भारत आए थे। आपके राहुल सांकृत्यायन कितने खतरे उठाकर तिब्बत और चीन की यात्रा पर निकल जाते थे! ज्ञान की भूख! ज्ञान की भूख, श्रीकान्त! आपने मुझसे यह क्यों पूछा, 'अभी कुछ और पढ़ना बाकी ही रह गया है क्या?"'

मैं अकचका गया उनके इस प्रश्न से और सीधा-सा जवाब दे दिया, "मैंने सोचा, श्रीमान, कि अब आपकी उम्र आराम करने की हो गई है। अब आपको थकान भी तो महसूस हो रही होगी। ऐसे भी, आपको अब क्या सीखना और क्या जानना! मैं तो आपकी उम्र तक पहुँच जाने पर भी इतनी किताबें नहीं पढ़ पाऊँगा जितनी अभी आपके इस पुस्तकालय में हैं।"

वे ठठाकर हँसे और हँस लेने के बाद सुनाया, "आप पढ़ेंगे, श्रीकान्त, और मुझसे भी अधिक किताबें पढ़ेंगे। मुझे याद कर-करके पढ़ेंगे।

"एक बार स्वामी रामतीर्थ जहाज से विदेश जा रहे थे। उसी जहाज पर नब्बे वर्ष से अधिक उम्र का एक जर्मन भी था—कमर कुछ झुकी हुई, बाल बिलकुल सफेद, चेहरे पर अनुभव की लकीरें। वह चीनी भाषा सीख रहा था। स्वामी रामतीर्थ आश्चर्य से भर गए और उस जर्मन से पूछा, 'आपकी

उम्र क्या है? इस उम्र में आप इतनी कठिन चीनी भाषा क्यों सीख रहे हैं? यह अब आपके किस काम की? आप मौत के बहुत करीब आ गए हैं; ऐसे में इसे सीखकर आप अपना या किसी का भी क्या भला कर पाएँगे?'

"वृद्ध जर्मन ने जवाब दिया, 'मुझे अपनी उम्र का पता नहीं। मैं जिन्दगी में सीखने और करने में इतना व्यस्त रहा कि मुझे अपनी उम्र का कभी पता ही नहीं चला। मेरे परिचितों ने बताया है कि मैं नब्बे की उम्र पार कर चुका हूँ लेकिन अभी तो मैं एक बच्चा ही हूँ, और बच्चे का मुख्य काम सीखना और करना होता है।'

"मैं तो चाहूँगा कि उस जर्मन की तरह आप भी सदाबहार बच्चा हो जाएँ। कुछ सीखने की ललक, कुछ और जानने की लालसा तो उम्र के आखिरी पड़ाव तक बनी रहनी चाहिए, मृत्यु के आखिरी क्षण तक। आप साहित्यकार हैं, श्रीकान्त, और साहित्यकार को सर्वज्ञ माना जाता है। आपकी भूख तो कभी मन्द नहीं होनी चाहिए। मैं चाहता हूँ कि आप मेरी पढ़ाई को देखकर नहीं चौंके, और मुझसे भी बड़ा पढ़ाकू बनें।

"आपके प्रश्न में एक यह प्रश्न भी छिपा हुआ था, श्रीकान्त, कि मैं कुछ नई किताबें खरीद लाऊँ और उन्हें पढ़ने के पहले ही उनसे विदा ले लूँ। ऐसा हो सकता है न?"

मैं हड़बड़ा गया। ऐसे किसी प्रश्न की आशंका नहीं थी मुझे। मेरे मुँह से इतना भर निकला, "आप अशुभ क्यों बोल रहे हैं, श्रीमान?"

"जो ध्रुव सत्य है, वह अशुभ नहीं होता, श्रीकान्त। मृत्यु अटल है; उसी तरह मेरी लालसा भी। हो सकता है, वह जर्मन भी चीनी भाषा में दक्ष हुए बिना परलोक सिधार गया हो। हो सकता है, मेरी भी कुछ किताबें अनपढ़ी ही रह जाएँ। हो सकता है न? ऐसा तो हो ही सकता है?"

मैंने दम साधकर कहा, "हाँ, हो सकता है।"

"मगर कोई न कोई उन्हें जरूर पढ़ेगा।" वे बुदबुदाए।

मैं चुप ही रहा।

"मैंने ऐसे कुछ विद्वानों के बारे में पढ़ा है," वे फिर बोलने लगे, "जिनके पास पुस्तकों का विशाल संग्रह था। जब वे मृत्यु के करीब हुए तो उन्हें यह चिन्ता सताने लगी कि किताबों का अपना संग्रह वे किन्हें सौंपकर

निश्चिन्त हो जाएँ। परिवार में कोई पढ़ने वाला नहीं था और आस-पास कोई सुपात्र उन्हें नजर नहीं आ रहा था। अभी मुझे वैसी कोई चिन्ता नहीं सता रही है, श्रीकान्त पर अभी ही मैं निश्चिन्त हो जाना चाहता हूँ। मेरी सारी किताबें अब आपकी हुईं, अभी से ही।"

"अभी नहीं, श्रीमान, अभी नहीं।"

"अगर मयंक की वाणी फूट जाती तो मैं मयंक के लिए रखता इन किताबों को मगर अब मैं निराश हो चला हूँ।"

"मैंने कहीं पढ़ा था, श्रीमान, कि एक आदमी की बोली तैंतीसवें वर्ष में फूटी थी।"

"अगर ऐसा कुछ होता है और मैं न रहूँ तो मयंक को आप पढ़ाएँगे और इन पुस्तकों को पढ़वाएँगे। आप ऐसा करेंगे, मैं जान रहा हूँ, क्योंकि मेरी तरह मयंक अब आपके दिल में भी समा गया है।

गरमी की छुट्टियों में मैं घर चला आया था। घर जाने की खुशी अब खाँटी खुशी नहीं होती थी, इसमें श्रीमान से दूर हो जाने का दुख भी मिला होता था। उनसे हर मुलाकात और बातचीत के बाद लगता था कि मैं अभी-अभी कोई मीठी-सी किताब पढ़कर उठा हूँ।

अक्सर ऐसा होता था कि अगर दो-चार दिनों तक हमारी साक्षात् भेंट नहीं होती थी तो उनका फोन आ जाया करता था। उनका फोन नहीं आता था तो मैं ही क्षमा माँगते हुए उन्हें फोन किया करता था।

घर आए मुझे एक पखवारा गुजरा होगा। दो-तीन बार फोन पर बातचीत हुई होगी। उन्होंने एक बार भी नहीं बताया कि चाची जी अस्वस्थ हैं। अचानक उनका फोन आया था, "श्रीकान्त, शोभा नहीं रही। आज सुबह..."

कुछ और सुना या नहीं सुना...!

यह अचानक...!

मुझे एक जोर का धक्का लगा। चाची जी का हँसता-मुस्कराता चेहरा मेरी बन्द आँखों के सामने आ गया।

चाची जी अस्वस्थ तो रहती थीं मगर उनका इस तरह जाना होगा, यह मैं कभी सोच भी नहीं सकता था।

चाची जी पिछले बीस सालों से मधुमेह से लड़ रही थीं। दमा का रोग उससे भी काफी पुराना था। उनके अन्दर ये रोग तो थे मगर बाहर से वे बिलकुल स्वस्थ नजर आती थीं। वे उस उम्र में भी बहुत फुर्तीली थीं, कभी लोथपोथ नहीं दिखीं। उन्होंने तय कर लिया था कि वे खुद को कभी लोथ होने नहीं देंगी। उनके घर काम करने वाली दाई तो आती थी पर रसोई का काम वे खुद किया करती थीं। हाट-बाजार के सारे काम उनके जिम्मे होते थे। नाली की सफाई करने के लिए भी उन्होंने कभी श्रीमान को जाने नहीं दिया। उनका अचानक चला जाना...

जब कभी गया था श्रीमान के घर, चाची जी ने चाय से स्वागत किया था। कितनी ही बार चाय से पहले कुछ नाश्ता भी। पर्व-त्योहार के दिन, जब उनके घर कोई पकवान बनता था, मैं अवश्य आमंत्रित रहता था। वे लजीज खाना बनाती थीं। उनकी बनाई सब्जी का स्वाद मैं कभी भूल नहीं पाऊँगा।

अब जाऊँगा उस घर तो घर बहुत खाली-खाली नजर आएगा।

अचानक खयाल आया, कहीं श्रीमान अकेले तो नहीं हैं चाची जी की देह के पास...हेमन्त तो अब तक आ गया होगा...

ऐसा पहले भी कई बार हुआ है कि चाची जी कुछ अधिक अस्वस्थ हो गई हैं। मगर तब श्रीमान एक-एक कर सबको खबर कर दिया करते थे। दिल्ली से जयन्त तक आ जाया करता था। शुभांगिनी आने में जरा भी देर नहीं करती थी। इस बार भी जरूर ऐसा ही हुआ होगा। मगर हर बार की तरह इस बार चाची जी नहीं संभल पाईं...लोथ हो गईं।

सब आ भी गए होंगे, तब भी क्या हाल से बेहाल नहीं हो गए होंगे श्रीमान? चाची जी तो दो-दो बच्चों को पाल रही थी, मयंक को भी और उसके दादा को भी। सूरज का बोझ अब कौन-सा दीया उठाएगा? श्रीमान तो पत्नी के देहावसान के साथ ही बुझ गए होंगे।

मुझे तुरन्त श्रीमान के पास पहुँच जाना चाहिए, यह खयाल मेरे मन में आया। मैंने पिताजी से बात की। वे मेरे और श्रीमान के बीच के संबंध को अच्छी तरह जान रहे थे। उन्होंने कहा, "तुम दाह-क्रिया में तो शरीक

हो नहीं पाओगे। अब ऐसा करो कि श्राद्ध के दिन उनके पास रहो। मैं ने पिताजी से ही पूछ लिया कि किस दिन श्राद्ध-कर्म होगा। उन्होंने माँ से पूछकर निश्चित तिथि बता दी।

मैंने श्रीमान को सूचित कर दिया कि मैं आ रहा हूँ।

मैं दो दिन पहले ही पूर्णिया आ गया। पूर्णिया पहुँचने की सूचना देकर मैंने गोकुलपुर तक जाने की पूरी जानकारी श्रीमान से ले ली और ठीक श्राद्ध के दिन सुबह की बस पकड़कर पूर्णिया से गोकुलपुर पहुँच गया। गोकुलपुर हाट के पास ही हेमन्त ने मुझे ढूँढ़ लिया।

श्रीमान के घर के सामने ही बस रुकी और बस से उतरते ही मुझे किसी विशाल आयोजन का एहसास हुआ। एक शामियाना के अन्दर ही पूरा का पूरा घर और घर के आगे का मैदान आ गया था। कितने ही लोग दौड़-भाग कर रहे थे। मुझे सीधे श्रीमान के पास ले जाया गया। वे एक कमरे में अकेले एक चौकी पर बैठे हुए थे। उन्होंने इशारे से मुझे अपने पास बैठने को कहा।

घंटों मैं उनके पास बैठा रहा मगर उनके बोल नहीं फूटे।
वे जब तक चुप रहे, मेरे अन्दर हाहाकार मचा रहा।

पूजा शुरू हुई तो हेमन्त हम दोनों को पूजा-स्थल पर ले गए। 'कणटाहा ब्राह्मण' मृतात्मा को स्वर्ग में एक से एक सुविधा प्रदान करने में लगे हुए थे और हेमन्त दिल खोलकर उन ब्राह्मणों की आत्माओं को सन्तुष्ट करने में। वहाँ से लौटकर आने के बाद श्रीमान ने मुँह खोला था, "मयंक की छठी में जो आयोजन हुआ था, वह मयंक की दादी ने बिलकुल अपने बल पर किया था। उस आयोजन में मेरी रत्ती बराबर हिस्सेदारी नहीं थी। आज के इस वृहत् आयोजन के लिए भी मुझसे कोई सलाह नहीं ली थी हेमन्त ने; हाँ, कुछ पैसे लिये हैं। न मैं पहली बार कुछ बोल पाया था, न इस बार बोल पा रहा हूँ। कल हेमन्त ने मुझसे कहा था, 'अगर आप एक

पैसा भी नहीं देते, पिताजी, तब भी मैं इतना ही बड़ा आयोजन करता।' मैं कुछ बोलता तो न जाने किसका, किस-किस का, अनादर कर बैठता।"

मैं कुछ नहीं बोला। उन्हें अपना बहुत कुछ कहा याद आया होगा, शायद इसलिए मुझसे यह सब बोल गए।

अब तक जितना मैंने सोचा था, उससे भी विशाल आयोजन था यह। न जाने क्या कुछ सोचकर हेमन्त ने इतना कुछ किया था। रात में भोज का नजारा देखा तो लगा कि किसी मेले में आ गया हूँ।

एक चौकी भोज खाते लोगों के करीब लगा दी गई थी जिस पर श्रीमान के साथ मैं बैठा हुआ था। बच्चों की पाँत अलग, वयस्कों की अलग, महिलाओं की पंगत बिलकुल अलग ओहार के अन्दर।

श्रीमान मुझसे मुखातिब हुए, "यहाँ भी जब कभी मैं पत्नी के साथ आया हुआ होता था और पाँच-दस दिन रुका रहता था तो मुझसे मिलने वाले गिने-चुने लोग आते थे—कुछ पुराने बटाईदार, पुराने जन-मजदूर, कुछ पास-पड़ोस के लोग। शोभा से मिलने आई महिलाओं का तो ताँता लगा रहता था और वे सब किसी एक गाँव की ही नहीं होती थीं, अगल-बगल के कई-कई गाँवों की। कैसे तो उन्हें खबर मिल जाती थी कि 'गिरहथिन' आई हुई है। वे सिर्फ मिलने ही नहीं आती थीं, घंटों बतियाती थीं, अपना सुख-दुख सुनाकर जाती थीं। पाँच-सात दिनों के अन्दर ही पिछले दस साल के इतिहास से अवगत हो जाती थी शोभा।

"एक दिन मैं अपने कमरे में बैठा हुआ था तो शोभा हँसते हुए कमरे में घुसी। मैंने उससे इस हँसी का कारण पूछा तो उसने पूछा, 'अभी जो बाहर बरामदे में दो औरतें मुझसे बतिया रही थीं, उनकी बातें आपने सुनीं?'

"'नहीं।'

"'देखा तो होगा?'

"'देखा मगर चेहरा किसी का नहीं देखा।'

"'पुरबी टोले की थीं। दस साल पहले हमारे खेतों में रोपनी करने आई थीं। इधर से जब भी गुजरती थीं, मेरे बारे में पूछ लिया करती थीं। आज दस साल बाद भेंट हो गई।'

"'इसी बात पर हँसी?'

"'नहीं, इस बात पर नहीं। वह बता रही थी,' फिर हँसी वह, 'कि उनकी बड़ी इच्छा है कि वे मेरा श्राद्ध-भोज खाएँ।'

"'बहुत बदजात औरतें हैं।"

"'नहीं, बड़े भले मन से कह रही थीं। पता नहीं, वे मुझसे इतनी जुड़ कैसे गईं!'

"अब मैं भी हँस पड़ा और शोभा से पूछा, 'तुमने क्या कहा?'

"'मैंने कहा, इधर दो-तीन बार मैं मरने से बच गई हूँ। श्राद्ध-भोज में देर हो सकती है। तुम लोग आते-जाते रहना, पता लगाते रहना।"'

यह सब सुनाते हुए श्रीमान बहुत भावुक हो उठे थे। वे चुप नहीं हुए, "पता नहीं, वे दोनों औरतें पंगत में बैठकर खाईं या नहीं! मैं उनके चेहरे तो नहीं पहचानता; पहचानता भी तो ओहार के अन्दर उन्हें कैसे देख पाता! अवश्य आई होंगे वे। हेमन्त ने उन्हें भी आमंत्रित किया था, पुबरिया टोल के सारे लोग-लुगाई को।

उस दिन भोज रात के बारह बजे तक चलता रहा मगर हम लोग, श्रीमान और मैं, ग्यारह बजे के पहले सोने के लिए कमरे में आ गए। सोने से पहले उन्होंने सुनाया, "ऐसा कहा जाता है कि बूढ़े पति की मौत को पत्नी तो रो-गाकर झेल लिया करती है पर पत्नी के मरने पर बूढ़ा पति अधिक दिनों तक नहीं टिक पाता। यह खतरा शुरू के दिनों में कुछ अधिक होता है, इसलिए बूढ़े को अकेला छोड़ा नहीं जाता।"

इतना सुनाकर उन्होंने मेरे चेहरे पर नजर टिकाई और हँसकर बोले, "कल तक मेरे पास शिवांगिनी सोती रही थी, आज रात आप सोएँगे।" वे रुके और फिर बोले, "इधर कई रातों से जब सोने को होता हूँ तो यह खयाल मन में आ जाता है कि सुबह उठ पाऊँगा या नहीं, कल का सूरज देख पाऊँगा या नहीं।"

अब मैंने टोका, "सर, आप क्यों बुरे-बुरे खयाल मन में लाते हैं? मैंने सुन लिया, किसी और को नहीं सुनाएँगे आप। चाची जी नहीं हैं पर अकेले नहीं हैं आप। आपका पूरा संसार हरा-भरा है।"

"बुरे खयाल तो आते हैं, श्रीकान्त पर ऐसा भी तो हो सकता है कि यह बुरा खयाल एक अच्छा खयाल बन जाए।"

"कैसे?"

"किसी सुबह मैं सचमुच नहीं उठूँ, और मयंक आकर मुझे जगाए, 'उठो, दादा, अब मैं बोलने लगा हूँ।' मेरा इस तरह मरना आपको अच्छा नहीं लगेगा?"

मैंने बेबस निगाहों से उन्हें देखा और कहा, "सर, अब मैं सोऊँगा; मुझे नींद आ रही है।"

"अपनी एक 'दुआ' सुना दूँ, फिर आप सो जाइए।"

मैं उनकी ओर देखने लगा।

"सुनाऊँ?" उन्होंने पूछा।

"जी।" मेरे बँधे गले से आवाज आई।

उन्होंने सुनाया, "मयंक की दादी की मौत के बाद अब मैं भी यही सोचने लगा हूँ कि मेरे साथ मेरा मयंक भी निकल जाए। मौत तो किसी की भी अचानक हो सकती है। मेरी मौत तो अब कभी भी अचानक... अचानक...। तब क्या होगा? एक बार हेमन्त के मुँह से निकल गई थी यह बात तो मैं सिसक उठा था। मगर अब तो मैं भी सोचने लगा हूँ कि मयंक मेरे साथ ही निकल पड़े। सारे बच्चे तो जन्म लेकर जवान नहीं हो जाते, बूढ़े नहीं हो जाते। इसे भी वैसे ही बच्चों में एक मान लूँ। बहुत तो जनमते ही मरते हैं, बहुत जन्म ही नहीं ले रहे।"

"आप इस तरह न बोलें, श्रीमान; मयंक को मेरे साथ झुलझुल बूढ़ा होने दें।"

उनकी आँखों में आँसू आ गए थे।

सुबह होते ही आए हुए मेहमान विदा होने लगे। मैंने भी जाने की इच्छा जाहिर कर दी। उन्होंने रोका नहीं; इतना भर कहा, "मैं पूर्णिया आऊँगा शीघ्र ही, और फिर बराबर आता रहूँगा।"

जवाब में मैं भी उनके पास अपना एक निवेदन छोड़ गया, "अब

पूर्णिया में जब भी आप रहेंगे, मेरे मेहमान बनकर रहेंगे।"

एक खिन्न मुस्कराहट उनके होंठों पर उभरी थी। 'खिन्न' शायद चाची जी के जाने से जुड़ी थी, 'मुस्कराहट' निश्चय ही मुझसे। मैं 'खिन्न' वहीं छोड़ गया, 'मुस्कराहट' अपने साथ लिये चला आया।

मैं पूर्णिया आ गया तो ऐसा नहीं लगा कि मैं अकेला आया हूँ; लगा कि श्रीमान मेरे साथ आ गए हैं।

रात में सोने से पहले आँखें बन्द कीं तो श्रीमान की बुदबुदाहटें मेरे कानों में पड़ने लगीं...

> दादी नहीं रही, रे मयंक...
> किसी दिन दादा भी नहीं रहेंगे...
> एक दिन कोई स्वजन-परिजन नहीं होगा तुम्हारे पास...
> तब कैसे जिएगा रे मयंक...
> इस दुखग्राम में कैसे जीओगे तुम...मयंक!...रे मयंक...

और फिर उनकी नजर मुझ पर आ टिकती है, "आप कुछ बोलिए, श्रीकान्त, कुछ बोलिए..."

मैं अनायास बुदबुदा उठता हूँ, "मैं रहूँगा, श्रीमान; मैं मयंक के पास रहूँगा, मयंक के साथ रहूँगा। मैं बंध गया हूँ मयंक के साथ..."

मैं श्रीमान को पूर्णिया में मेरा मेहमान बनकर रहने के लिए यों ही नहीं बोल गया था। अब मेरे पास एक घर लगभग तैयार हो गया था उन्हें रखने के लिए।

जिस दिन श्रीमान ने मुझे फूस का घर खड़ा कर लेने की सलाह दी थी, उस दिन उन्होंने अपना एक किस्सा भी सुनाया था, "जब मेरी नौकरी पूर्णिया में लग गई और यह निश्चित हो गया कि अब मुझे यहीं घर के करीब ही स्थायी रूप से बस जाना है तो पिताजी ने यह जमीन खरीद दी और घर से ले आकर एक चौखड़ा इस जमीन पर खड़ा कर दिया। मैं उस

फूस के घर में बड़े आराम से रह रहा था।

“फूस का वह घर बना तो कुछ दिनों के बाद गाँव से पत्नी चली आई उस घर को देखने। घर देखकर उसने कहा, ‘मेरे गाँव में गरीब मुसहरों के घर ऐसे ही होते हैं।’ उस घर में छह-सात दिन रहकर वह वापस गाँव चली गई। अब मेरे लिए जरूरी हो गया था जल्दी से जल्दी पक्का मकान बना लेना।”

श्रीमान के छोटे बेटे हेमन्त की मदद से उस जमीन पर मैंने फूस का एक छोटा-सा घर खड़ा कर लिया था। मेरी शादी अब तक नहीं हुई थी मगर अब कभी भी हो सकती थी। मैं नहीं चाहता था कि मेरी पत्नी को यह धक्का लगे कि वह किसी गरीब मुसहर के घर में आई है। क्या पता वह चाची जी की तरह सुशील, सुसंस्कृत नहीं हो और दस-बीस कदम आगे जाकर सुना दे...

अंडी का कोरो बघंडी की बाती रे।
किस घर में लाया पोदिनमा...इश्श...
...पोदिनमा का नाती रे।

एक छोटा-सा पक्का मकान बनवाने पर मेरा ध्यान चला गया। और अब यह मकान ऐसा तो हो ही गया था कि मैं इसमें श्रीमान को रख लूँ।

मैंने जो निवेदन किया था श्रीमान से वह कोई औपचारिक निवेदन नहीं था। मैं दिल से चाह रहा था कि मुझे श्रीमान का सान्निध्य प्राप्त हो। वे मेरे लिए स्पर्शमणि थे, पारस।

ज्ञानी बनने की इच्छा मेरी बचपन से ही रही थी। कॉलेज में ढेर सारे पंडित-महापंडित थे पर अपने संकोची स्वभाव के कारण मैं किन्हीं का सान्निध्य प्राप्त नहीं कर सका था। मेरा सौभाग्य था कि मैं एक महान भट्टाचार्य के इतने पास आ गया था।

धीरे-धीरे उनके डंके की कुछ अधिक ही बुलंद आवाज मेरे कानों में पड़ती चली गई थी। उन्होंने सिर्फ पढ़ा ही नहीं था, काफी चिन्तन-मनन

के बाद बहुत-कुछ लिखा भी था। कुछ इतिहास के जर्नल्स में उनके लेख छपे थे। बिहार के प्रवासी मजदूरों पर उन्होंने अच्छा काम किया था। इस अंचल के ढेर सारे किलों और पूजा-स्थलों पर उन्होंने शोधात्मक आलेख लिखे थे। गया-श्राद्ध में समय-समय पर आए बदलाव का उन्होंने बहुत अच्छा चित्रण किया था।

मुझे एकाएक उनके विराट रूप का दर्शन हुआ था उनकी पुस्तक 'भारत की सांस्कृतिक सम्पदा' में जो उन्होंने कई मुलाकातों के बाद मुझे पढ़ने के लिए दी थी। उस पुस्तक को पढ़ने के बाद बहुत दिनों तक वे जब भी मेरे सामने होते, मैं देर तक उनका मुखमंडल निहारता रह जाता।

वे अत्यन्त संवेदनशील थे और दुनिया की हर घटना उन्हें झकझोर जाती थी। हजारों किलोमीटर दूर रह रहे किसी भी प्राणी का दुख उन्हें चुभता था, कष्ट देता था। सिर्फ एक अपने 'मयंक' के ही नहीं, संसार के सारे मयंकों के वे दादा बने हुए थे। एक 'दुखिया दास कबीर' को मैं अपनी आँखों के सामने देखा करता था। ऐसे आदमी के प्रति तो श्रद्धा उपज ही जाती है; कोई भी खिंचा चला आता है।

एक महामानव की सेवा करने का अवसर मिले तो कौन उस अवसर को हाथ से निकल जाने देगा!

ऐसा तो हुआ कि जब श्रीमान गाँव गए तो गाँव के होकर रह गए मगर उनका पूर्णिया आना होता रहा। पूर्णिया वे कभी पेंशन के पैसे उठाने आते थे और कभी दवा और जरूरत की चीजें खरीदने। पूर्णिया आने का एक कारण मुझसे मिलना भी हुआ करता था। उनका पूर्णिया उनके लिए अब लगभग सुनसान था, आदमी एक, अकेला मैं।

पूर्णिया का मतलब सिर्फ मैं तो था मगर मेरे घर खाने का निवेदन उन्होंने स्वीकार नहीं किया। उन्होंने मुझसे कहा, "आप पर मयंक का भारी बोझ डाल दिया है, अब अपना बोझ भी नहीं डाल सकता।" उन्होंने अपना यह बोझ किसी और पर डाल दिया था। उनका एक ग्रामीण गौरव चौधरी

अपने दो बच्चों को पढ़ाने के लिए पूर्णिया में एक घर किराए पर ले रखा था। बच्चे अपनी माँ के साथ उस घर में रहते थे। माँ के निधन के बाद हेमन्त पिताजी को गाँव ले गया और घर के दो कमरे गौरव चौधरी को किराए पर दे दिए, इस शर्त पर कि जब कभी पिताजी पूर्णिया में दो-चार दिन रुक जाएँगे तो वे खाना भी उनके घर ही खाएँगे।

जब कभी उनका पूर्णिया आना होता था, वे मयंक का कोई न कोई किस्सा साथ लेकर आते थे, कभी-कभी पूरा किस्सा लिखकर ले आते। उन्होंने बताया था कि वे अब भूलने लगे हैं और इसलिए रोज कुछ न कुछ लिख लिया करते हैं।

गाँव जाने के बाद जब पहली बार वे पूर्णिया आए थे तो इस बार उनके पास मयंक का नहीं, जयंत के दो बेटों का किस्सा था। यह किस्सा उन्होंने मेरे घर बैठकर सुनाया था...

जयन्त तो माँ के निधन की खबर मिलते ही दिल्ली से चल पड़ा था मगर उसके दोनों बच्चे, प्रतीक और प्रियांशु, श्राद्ध के दो दिन पहले गाँव पहुँचे थे। श्राद्ध के तीन दिन बाद उन्हें अपने पिता के साथ वापस दिल्ली लौट जाना था।

मैंने श्राद्ध के दिन ही आम और लीची के दस पौधे नर्सरी से मँगवा लिये थे और श्राद्ध के दिन ही उन दोनों बच्चों के हाथ सारे पौधे रोपवा दिए। दोनों बच्चे गद्गद थे।

अगले दिन मैंने उन दोनों को बन्द कमरे में अपने पास बैठाया।

मैंने प्रतीक से पूछा, "यह बताओ कि तुम अकेले हो या तुम्हारा कोई परिवार भी है?"

"हाँ परिवार है; अकेला नहीं हूँ।" प्रतीक ने जवाब दिया था।

"कौन-कौन हैं तुम्हारे परिवार में?"

प्रतीक ने एक-एक कर सबके नाम गिना दिए, मेरा भी और मयंक का भी। तब मैंने पूछा, "परिवार का मतलब?"

"परिवार का मतलब..." प्रतीक आगे नहीं बोल पाया।

"परिवार का मतलब परिवार; और क्या!" प्रियांशु बोल गया।

"परिवार उसे कहते हैं," मैं बोला, "जहाँ लोगों के बीच प्रेम, आत्मीयता, सहयोग, सहायता, संवेदना, सद्भाव हो; जहाँ सबकी मंगल कामना, सबकी सुख-सुविधा का विचार हो।"

"हाँ, बिलकुल सही बात है।" प्रियांशु ने हाँ भरी।

"अब बताओ कि मयंक का क्या होगा? वह तो विकलांग है। कैसे कटेंगे उसके दिन?"

"मयंक भैया के लिए," प्रतीक जोर देकर बोला, "हम सारे लोग हैं। हम सब देखेंगे उसे।"

"तुम लोग तो न जाने कहाँ रहोगे! मयंक तो गाँव में रहेगा, यहीं गोकुलपुर में।"

"आज की दुनिया में यह खयाल नहीं किया जाता, दादा," प्रतीक ने कहा, "कि कौन किससे कितनी दूर है। हम दूर रहकर भी पास रहेंगे, गोकुलपुर आते रहेंगे और मयंक भैया की खबर लेते रहेंगे।"

"जब मयंक बिलकुल अकेला होगा गोकुलपुर में, तब भी आओगे?"

"हाँ, तब भी आएँगे," प्रियांशु बोल गया, "हम ऐसा प्रबन्ध कर डालेंगे कि मयंक भैया के पास कोई न कोई रहेगा।"

"मयंक किसी दिन भूखा तो नहीं सोएगा गोकुलपुर में?"

"नहीं-नहीं।" दोनों ने एकसाथ कहा।

"कभी ठंड में ठिठुरेगा तो नहीं?"

"हमलोगों के रहते? हमलोगों के रहते, दादा!"

"अगर तुम इतना प्यार करोगे मयंक को तो गोकुलपुर के लोग भी इसे प्यार करने लगेंगे।"

"मयंक भैया को सबका प्यार मिलेगा, दादा," प्रियांशु बोला, "आप निश्चिन्त रहिए।"

"यह जान रहे हो न कि रिश्ता केवल खून का नहीं होता? जो तुम्हें प्यार करते हैं और जिन्हें तुम प्यार करते हो, वे सबके सब तुम्हारे रिश्तेदार हुए। तुम्हें पता भी है कि तुमने यहाँ कुछ नए रिश्तेदार बना लिये हैं?"

उन दोनों ने प्रश्नात्मक निगाहों से मेरी ओर देखा। मैंने हँसकर कहा, "आम और लीची के जो गाछ तुम यहाँ रोपकर जा रहे हो, वे भी अब तुम्हारे

रिश्तेदार हुए। अब ये भी तुम्हें बुलाएँगे, तुम्हारे लिए फल तैयार करेंगे, हर साल तुम्हें आने को कहेंगे।"

दोनों हँसने लगे।

"अब एक बात बताओ," मैंने पूछा, "मरने पर मुझे स्वर्ग में जगह मिलेगी या नरक में ठेल दिया जाऊँगा?"

"ओह, यह क्या अभी मरने की बात करने लगे, दादा!" प्रियांशु ने मुँह बनाकर कहा, "यह सब अभी नहीं।"

"किसी दिन तो मरूँगा रे।"

"ठीक है, मरना," प्रतीक बोला, "स्वर्ग में रहोगे।"

"स्वर्ग में उसे ही जगह मिलती है जिसकी आत्मा को शान्ति मिले।"

"अब कहाँ दिक्कत है?" प्रियांशु ने प्रतीक की ओर देखकर कहा, " तुम्हें तो शान्ति मिल गई।"

"स्वर्ग में मैं तब तक ही रहूँगा, जब तक मयंक सुख में रहेगा," मैंने कहा, "जिस दिन मयंक को दुख की थोड़ी आँच भी लगेगी, उसी दिन मुझे नरक में ले आकर पटक दिया जाएगा।"

"हम दोनों तुम्हें कभी नरक में जाने नहीं देंगे," प्रतीक बोला और उसके साथ बोला प्रियांशु, "तुम्हें नरक में रहना अच्छा लगे, तब भी नहीं।"

श्रीमान को पूर्णिया अचानक छोड़ना पड़ा था, इसलिए वे जाने से पहले किसी को बता नहीं पाए थे कि वे पूर्णिया छोड़ रहे हैं और अब स्थायी रूप से गाँव में ही रहेंगे। उन्होंने पूर्णिया में लम्बा समय बिताया था और ढेर सारे लोगों को वे जान रहे थे। यह सम्भव नहीं था कि वे एक-एक कर सबसे मिल लें। उन्होंने कुछ गिने-चुने परिचितों से मिलने का मन बनाया। ये सारे परिचित वही थे, जिनसे मयंक के कारण उनका परिचय हुआ था।

वे अपने उस सब्जीवाले से मिलने गए जिसे सब्जी का झोला लिये झूम-झूमकर आता मयंक बड़ा अच्छा लगता था। फिर वे बहुमंजिला बाजार घड़ीसाज नौशाद से मिलने गए जिसने मयंक की कलाई में कभी

एक घड़ी बाँधने की इच्छा जाहिर की थी। उसके बाद उनका जाना हुआ था जूते-चप्पल की उस दुकान पर, जहाँ कभी मयंक बिजली की गति से पानी भरा गिलास उठाया था और गटागट गिलास का पूरा पानी पी गया था। वहाँ श्रीमान को कुछ अधिक देर रुकना पड़ा था और वहीं का किस्सा वे मुझे सुनाने लगे थे।

पिछली बार देर तक रुककर वे दुकानदार को मयंक के बारे में बताते रहे थे, इस बार दुकानदार श्रीमान को देर तक रोककर अपने बेटे के बारे में सुनाता रहा।

दुकानदार ने श्रीमान को सुनाया था, "पहली बार जिस समय आप मयंक के बारे में मुझे बता रहे थे, सर, उस समय ही धीरे-धीरे मेरी आँखों के सामने मयंक की जगह मेरा बेटा परवेज प्रकट होने लगा था। बिलकुल मयंक की उम्र का ही था मेरा भी बच्चा। उसका व्यवहार भी मयंक से मिलता-जुलता था। आपको जब कभी मयंक के साथ सड़क से गुजरते देखता था मैं, ग्राहकों से बात करना छोड़कर मैं मयंक पर नजर टिका देता था। मुझे लगता था, मेरा परवेज आपके साथ चल रहा है। उस दिन मैंने आपसे कहा था कि मयंक के लिए एक जोड़ा जूते तो मैं बिना पैसे के भी दे सकता हूँ। परवेज के जूते के पैसे मैं किसी से माँग सकता था क्या!"

श्रीमान ने मुझसे कहा, "इस बार मैंने दुकानदार से उसका नाम पूछ लिया था। उसका नाम है इब्राहिम। बोलते-बोलते इब्राहिम की आँखें भरभरा गई थीं, श्रीकान्त; और फिर तो वह फफक-फफककर रो पड़ा था। मैं असमंजस में पड़ गया; अब जल्दी ही निकल जाऊँ यहाँ से या देर तक बैठा रहूँ अभी परवेज के पिता के पास।

"मुझे हेमन्त की पत्नी वीणा का कभी कहा हुआ याद आया। वीणा ने कहा था, 'मेरी माँ कहती है, ऐसा बच्चा बचता नहीं है।' क्या मैं दुकानदार से कहता, 'आप परवेज के मरने का दुख मत कीजिए, इब्राहिम साहब। वह अल्लाह के पास चला गया। लोगों का मानना है कि ऐसे बच्चे बचते नहीं हैं।' कह सकता था ऐसा? क्या वह मुझसे सवाल नहीं कर बैठता, 'मयंक तो जिन्दा है; परवेज क्यों मरा? क्यों चला गया वह अल्लाह के

पास? अल्लाह ने ही तो भेजा था उसे मेरे पास। क्या उसे मेरे पास रहना मंजूर नहीं था? क्यों मंजूर नहीं था?'

"मैंने बहुत सोचकर कुछ कम्पित स्वर में उससे पूछा, 'कोई दुर्घटना हुई थी क्या?' जवाब में उसने सुनाया, 'किसी दुर्घटना में नहीं, ठंड से मर गया वह।'

"मेरे कंठ से चीखता-सा स्वर निकला था, श्रीकान्त, "ठंड से!'

"उसने पूरी कहानी सुना दी, 'जब परवेज करीब चार साल का रहा होगा तो उसकी नानी जो गढ़बनैली के पास एक गाँव में रहती है परवेज को अपने गाँव यह कहकर ले गई कि वहाँ परवेज की बेहतर देखभाल करेगी वह। देखभाल तो वह कर रही थी मगर उसे यह अन्दाजा नहीं लगा कि परवेज को जानलेवा ठंड लगी है। इस ठंड को उसने हलके में लिया था। जब तीसरी रात परवेज की तबीयत बहुत बिगड़ गई, तब उसे परवेज को लेकर पूर्णिया आने का खयाल आया। रात में नहीं आ सकी वह; सुबह होते-होते परवेज चला गया।'

"देर तक हम दोनों चुपचाप बैठे रहे। फिर उसने पूछा, 'मैं आपके मयंक में अपना परवेज देख रहा हूँ, यह आपको बुरा तो नहीं लग रहा?"

"बिलकुल नहीं, बिलकुल नहीं, इब्राहिम साहब," मैंने कहा, "यह मयंक के लिए खुशी की बात है कि उसे एक और पिता मिल रहा है।"

"'तब मेरा एक निवेदन आपको मानना होगा, सर।'

"क्या?' मैंने सहमी हुई आवाज में धीरे से पूछा।

"'मयंक को जूते अब मैं पहनाया करूँगा।'

मेरी निगाहों में उसे मेरी हाँ मिल गई होगी। मैं थोड़ी देर और बैठा, और फिर चलने की इजाजत माँग ली।

"**अभी** भी मेरा दिल धड़क रहा है, श्रीकान्त," उन्होंने मुझे सुनाया, "जब से सुना कि परवेज ठंड से मर गया, तब से धड़क रहा है मेरा दिल। मुझे अपना मयंक याद आ गया था।

"मयंक कुछ दिनों के लिए अपनी माँ के पास गया हुआ था। जब

कभी गाँव जाता था मयंक, शोभा वीणा को हिदायत कर देती थी कि मयंक कभी थोड़ा भी अस्वस्थ हो तो उसे तुरन्त पूर्णिया पहुँचा देना। मयंक को अक्सर ठंड दबोचती थी। इस बार ठंड लगी तो शुरू में वीणा ने अधिक ध्यान नहीं दिया। जब तबीयत अधिक बिगड़ गई, तब डर गई वह और मयंक को लेकर रात के दस बजे हेमन्त के साथ पूर्णिया आई। हेमन्त ने कहा, 'अब तो सुबह होने पर ही कोई डॉक्टर मिलेगा।' शोभा ने कहा, 'अभी तुरन्त चलो मयंक को लेकर मेरे साथ।'

"इसी मोहल्ले में एक डॉक्टर खाँ साहब हैं। हमारा उनसे कोई परिचय नहीं था। शोभा ने उनका दरवाजा खटखटाया, और डॉक्टर साहब से आग्रह किया तुरन्त मरीज को देखने का।

"मयंक को पानी चढ़ाना पड़ा था। कुछ और दवाएँ भी दी गईं।

"जब हम चलने को हुए तो डॉक्टर बोला, 'आप लोग सही समय पर बच्चे को लेकर आ गए। यह बच्चा अगले तीन-चार घंटे में दम तोड़ देता।"'

उन्होंने आँखें मूँदकर गहरी साँस ली और फिर मेज से मोबाइल फोन उठाते हुए बोले, "मैं जरा हेमन्त से मयंक का हाल-चाल पूछ लूँ।"

श्रीमान ने कभी बातचीत में यह स्वीकार किया था कि मयंक के आने के बाद उनमें कुछ बदलाव आया था। उनके अन्तस्तल में करुणा की जो बूँदें दबी हुई थीं, वे फूटकर निकलीं मयंक के आने के बाद। और अब मैं देख रहा हूँ कि पूर्णिया से गोकुलपुर जाने के बाद उनमें फिर एक बदलाव आया है। पूर्णिया में उनका लोगों से मिलना-जुलना नहीं के बराबर होता था, और अब गाँव में लोगों से मिलने के लिए वे बेकरार होने लगे।

बेकरार तो हुए मगर अब रहा कहाँ कोई उनसे मिलने वाला!

उन्होंने बहुत सोच-विचारकर टोले के बच्चों को निशाना बनाया।

गाँव में श्रीमान का घर एक बड़े-से अहाते में बिलकुल सड़क के किनारे बना हुआ था। घर के आगे-पीछे काफी खुली जगह थी। आगे की खुली

जगह में टोले के लोग-लुगाई अनाज या पाट वगैरह सुखाते थे और आस-पास के बच्चे शाम में खेलने आया करते थे।

एक बार मयंक ने गाँव आकर एक लीला कर दी।

श्रीमान के घर के ठीक सामने दो भाइयों के घर थे। दोनों भाइयों के बीच बँटवारा हो चुका था। एक की पत्नी 'मंगलवारवाली', दूसरे की पत्नी 'हरदीपुरवाली'। पहले जो उनका एक छोटा-सा आँगन था, उसके बीचोबीच एक बाँस की टट्टी लगा दी गई थी। दोनों भाई कमाई करने दिल्ली-पंजाब जाते रहते थे।

उस दिन रोज की तरह दोनों गोतनियाँ अपने-अपने बाल-बच्चों के साथ खेतों में काम करने निकल गई थीं। रोज की तरह उन दोनों ने अपने घर के एक कमरे में ताला लगाया और मुख्य द्वार पर बाँस का अड़का लगा दिया।

दोपहर में कब तो छुप-छुपाकर मयंक अपनी माँ के कमरे से बाहर निकला और सड़क पार कर मंगलवारवाली के आँगन में जा घुसा। कुछ ही देर बाद जब श्वान निद्रा में सोई माँ की नींद टूटी तो मयंक को नहीं पाकर वह बाहर निकल आई मयंक को हाँक लगाने। हाँक सुनते ही मयंक झट दूसरे के घर से निकलकर अपने घर लौट आया मगर तब तक वह अपनी कारगुजारी युद्ध स्तर पर कर चुका था। वीणा ने बेटे को मंगलवारवाली के घर से निकलते देख लिया था और काफी डरी हुई थी।

खेत से घर आ रही मंगलवारवाली ने जब कुछ दूर से ही अपने घर का अड़का जमीन पर गिरा देखा तो लपझप चाल से घर आई। आँगन में घुसते ही उसे लगा कि कुछ हुआ है। उसने झट कमरे का ताला खोला, तकिया के खोल में मोबाइल फोन खरीदने के लिए छिपाकर रखे हुए सात सौ रुपयों की ठीक से दो-तीन बार गिनती की और राहत की साँस लेकर आँगन में आ खड़ी हुई।

उसने आँगन को ठीक से निहारा। ऊखल गिरा हुआ था। डगरा गायब, सूप गायब। बटला गायब, बटली गायब। शाम में घूरा जलाने के लिए एक कोने में रखा हुआ घास-फूस पूरे आँगन में बिखरा हुआ। अलगनी टूटी हुई। कैसा चोर कि गोयठे भी चुरा ले गया!

कोई चोर अवश्य घुसा था।

हे भगवान, मैं समय पर आ नहीं गई रहती तो...तो इस बार भी मोबाइल खरीद नहीं पाती!

मंगलवारवाली के बदन में आग लग गई। उसके शक के दायरे में कई प्राणी आए—हरदीपुरवाली को पता था कि वह मोबाइल खरीदने के लिए पैसे जमा कर रही है और उसका बेटा ललुआ नामी चोर है; रमलछना से ही एक हजार रुपये में मोबाइल खरीदने की बात हुई थी; जुगेसर का बेटा सितवा रोज दिन में दो बार पूछने चला आता था,'चाची, मोबाइल आया?'

कोई एक चोर धरा नहीं रहा था।

वह आँगन से निकलकर अपने द्वार से बाहर आई और लगी गालियों की बौछार करने।

टोले के सारे लोगों ने गालियाँ सुनीं मगर किसी ने भी गालियों का असर नहीं लिया। हद हो गई; किसी ने भी चोर को मंगलवारवाली के घर में घुसते या घर से निकलते नहीं देखा था!

जिसने देखा था, उसे गालियाँ चुभीं।

वीणा ने हेमन्त को सारा किस्सा सुना दिया।

और तब हेमन्त ने इस खुली जगह को पूरी तरह घेर डाला था।

आने-जाने के लिए एक छोटा-सा रास्ता बना दिया गया था जो जरूरत पर खोला जाता था। बच्चों का खेलने के लिए आना बन्द हो गया।

यह किस्सा गाँव पहुँचने पर श्रीमान को भी सुनाया गया था पर उन्हें कोई और जरूरत अधिक जरूरी लगी। घेरा के बीच में आने-जाने के लिए जो छोटा-सा रास्ता बनाया गया था उसे श्रीमान ने बड़ा कर दिया और शाम के समय इसे बिलकुल खोल दिया जाता था। बच्चों को आमंत्रित किया श्रीमान ने फिर से उस जगह को खेल का मैदान बना देने के लिए।

बच्चों को खेलने की इजाजत तो मिल गई मगर साथ ही उन्हें यह हिदायत भी दे दी गई कि हर बच्चा मयंक पर नजर रखेगा कि वह घेरा के बाहर नहीं जाने पाए, और अगर कभी एक बार भी मयंक बाहर निकल गया तो खेल का मैदान हमेशा के लिए बन्द कर दिया जाएगा।

बच्चे इस मामूली शर्त पर झट तैयार हो गए थे।

श्रीमान के मन में यह बात आई थी कि जिन बच्चों की नजर आज मयंक पर रहेगी, वह नजर मयंक से इस तरह चिपक जाएगी कि उसकी बढ़ती उम्र के साथ ही उस पर टिकी रह जाएगी।

यह पूरा किस्सा सुना देने के बाद श्रीमान ने मुझसे पूछा था, "अब बताइए, श्रीकान्त, कि मयंक के परिवार का विस्तार हुआ या नहीं?"

मैं हाँ में देर तक सिर हिलाता रह गया था।

बच्चों की नजर में मयंक तो आ गया मगर खुद श्रीमान किसी की नजर में आए थे क्या? गाँव से कटकर रहने वाले श्रीमान को अब गाँव में जानने वाले रहे कितने? पहचानने वाले नहीं के बराबर। गाँव वाले अब हेमन्त भगत को जान रहे थे; श्रीमान का घर अब हेमन्त भगत का घर हो गया था।

अमरनाथ भगत थे तो गोकुलपुर के मगर गोकुलपुर के बनकर कभी रह नहीं पाए। बाप ने बेटे को पढ़ाने की ठान ली थी। चटशाला जाने लायक हुए तो पिता ने बनमनखी के एक विद्यालय में डाल दिया। वहाँ से निकले तो सीधे पटना का रुख किया। लंबी छुट्टियों में घर आते जरूर थे मगर छुट्टियाँ भी किताबों के साथ ही कट जाती थीं, खेत-खलिहान तक भी कभी-कभी ही जाना हो पाता था। पढ़ाई समाप्त हुई तो नौकरी शुरू। पिता के देहान्त के बाद खेती बटाईदारों के हाथ में चली गई। देख-भाल के लिए एक सिपाही रख लिया। और जब हेमन्त ने कब्जा जमाया तो प्रोफेसर साहब का गोकुलपुर आना नहीं के बराबर हो गया।

ऐसे में गाँव में उनके परिचित कितने लोग! हेमन्त भगत को सब जान रहे थे, अमरनाथ भगत को कोई-कोई।

गोकलपुर पहुँचते ही उन्हें सबसे पहले जुमराती मियाँ की याद आई। जुमराती बगल के ही गाँव महमदिया का रहने वाला था। यह शख्स उनके

पिताजी का सबसे विश्वासी आदमी था और उनसे और उनके घर-परिवार से हमेशा जुड़ा रहा। अमरनाथ भगत गाँव में एक उसे ही अपना असली सहारा मानते आए थे।

गाँव से सम्पर्क टूटे बहुत दिन हो गए तो अब यह भी पता नहीं था कि जुमराती जिन्दा है या...।

पता चला, जुमराती जिन्दा है, बीमार है, कहीं आता-जाता नहीं, और उसका बड़ा बेटा कुदुस गोकुलपुर के ही रघुनी चौधरी का ट्रैक्टर ड्राइवर है। उन्होने कुदुस को बुलवाया और जुमराती से मिलने का समय तय कर लिया।

जब चले जुमराती से मिलने तो मयंक को भी साथ कर लिया।

इस मुलाकात के बारे में न तो जुमराती ने कभी सोचा था और न अमरनाथ बाबू ने।

जुमराती के घर से वे चाय पीकर लौटे थे। अण्डा उबाला गया था उनके लिए मगर उन्होंने यह कहकर ना कह दिया कि अब वे अण्डा भी नहीं खाते हैं। उन्हें विदा करने के पहले अपना दुख-सुख सुनाते हुए जुमराती ने उन्हें सुनाया था, "दिन-रात चलने-फिरने वाला आदमी अगर एक जगह बँधकर रहे तो कैसा लगेगा उसे? अब बिलकुल चला-फिरा नहीं जाता। पैरों में काफी दर्द रहता है। जीने की इच्छा मर गई। निरंजन डॉक्टर के यहाँ से दवा तो ले आता है कुदुस मगर उससे आराम नहीं मिलता। अब तो लगता है, दवा भी बेकार खा रहा हूँ, पैसा बर्बाद हो रहा है। कुदुसवा के लिए तो मैं बोझ ही बन गया हूँ। मेरा सौभाग्य कि आप मिलने आए, मरने से पहले मुलाकात हो गई आपसे। बड़े मालिक अभी भी याद आते हैं मुझे। आप कब तक रहेंगे गाँव में?"

विदा होने से पहले अपना भी बहुत कुछ सुनाया अमरनाथ बाबू ने, मयंक के बारे में विस्तार से बताया। यह जानकर बहुत खुश हुआ जुमराती कि अब अमरनाथ बाबू गोकुलपुर में ही रहेंगे। खुशी उसे तब इस बात से भी हुई होगी जब इस पुराने मालिक ने उससे कहा, "मैं पहले भी आ गया होता, जुमराती, अगर किसी ने बताया होता कि आप बीमार चल रहे हैं। आपने पिताजी के लिए बहुत कुछ किया था, मैं आपके लिए कुछ तो करूँ। मैं हर महीने पूर्णिया जाता रहूँगा। इस बार जाऊँगा तो आप भी मेरे साथ

चलेंगे। किसी अच्छे डॉक्टर से इलाज करवाऊँगा आपका।"

"अब मेरा इलाज?" स्वर ना का था।

"अब तो मेरे लिए बस एक ही काम बचा है, जुमराती, कि लोगों की भरसक सेवा करूँ। एक आपका ही नहीं, अब तो जिसे भी बीमार-लाचार देखूँगा, उसके लिए कुछ करूँगा।"

"आपमें बड़े मालिक की आत्मा है। ऐसा अब कहाँ कोई सोचता है, मालिक!"

जुमराती ने पहली बार अमरनाथ बाबू को 'मालिक' कहकर पुकारा था।

"अब तक ही कहाँ सोचा था मैंने ऐसा कुछ! अब सोचता हूँ। और अब सोचता हूँ अपने इस पोते के लिए," मयंक के सिर पर हाथ फेरते हुए उसके दादा ने कहा, "मैं इतना पुण्य कमा लेना चाहता हूँ, जुमराती, कि मेरा पोता इस गाँव में अपनी जिन्दगी हँसी-खुशी काट ले। मेरा पोता सिर्फ अपने माँ-बाप के भरोसे नहीं रहेगा। मैं अपने पोते को आप सब लोगों के सुपुर्द कर देना चाहता हूँ। मैं नहीं रहूँगा मगर मेरे पुण्य तो इसके साथ रहेंगे। जो आज मुझे देख रहे हैं अपने इस पोते के साथ घूमते-टहलते, वे देख रहे हैं कि इस बच्चे में मेरी जान बसती है। उनके दिल में भी इस बच्चे के लिए अवश्य प्यार पैदा हो जाएगा, प्यार बना रहेगा मेरे गुजर जाने के बाद भी।"

जुमराती की आँखें भींग आई थीं। उसने अपना हाथ मयंक के सिर पर रख दिया था। अमरनाथ बाबू को लगा कि मरकर जुमराती भी उनके साथ ही रहेंगे और दोनों एकसाथ बैठकर धरती पर निहारते रहेंगे मयंक को, सुनते रहेंगे लोगों की फुसफुसाहटें...मयंक के सात खून माफ। इसके दादा की आत्मा बसती है इसके अन्दर...

जुमराती 'बड़े मालिक' का सहारा बनकर रहा मगर अमरनाथ बाबू का सहारा तो झाबर ही रहा। एक छुटपन से परिवार से जुड़ा रहा था वह। चरवाहा बनकर दाखिल हुआ था, हलवाहा बनकर नौकरी की और फिर

बटाईदार बन गया। पिताजी के देहान्त के बाद तो अमरनाथ बाबू ने उसे अपना मैनेजर ही बना दिया था। सारे काम झाबर ही देखता था; अमरनाथ बाबू तो कभी-कभार आ पाते थे खेती का हाल-चाल जानने। झाबर तब तक मैनेजर बना रहा जब तक हेमन्त ने खेती-बारी को अपने कब्जे में नहीं ले लिया। उसने भरसक झाबर को दूर कर दिया अपनी खेती से, क्योंकि वह उसे बाप का जासूस मानने लगा था।

झाबर के बारे में पता चला कि वह अपने टोला के बाहर बहुत कम ही निकलता है मगर हाट के दिन अपने नाती के साथ अवश्य पहुँचता है गोकुलपुर हाट और एक-आध घंटा गुजाय की चाय दुकान पर बैठकर वापस चला जाता है। सामने की सड़क से गुजरता तो है वह पर अपने पुराने मालिक के घर कभी नहीं आता।

झाबर के घर की ठीक-ठीक याद नहीं अमरनाथ बाबू को मगर टोला तो अपनी जगह पर मिल जाएगा। वे झाबर से मिलने निकल पड़ते हैं, इस बार भी अपने मयंक के साथ।

टोला में घुसते ही झाबर के छोटे भाई बालेसर पर नजर पड़ गई। बालेसर भी उन्हें झट पहचान गया था और उनके पास चला आया।

झाबर एक गन्दे बिस्तर पर लेटा हुआ मिला था। झाबर का कोई बेटा नहीं था। पत्नी का देहान्त तीन साल पहले ही हो चुका था। अब देह नहीं चलती थी; खेती-बारी से अलग हो जाना पड़ा। बेटी ने तीन बकरियाँ रख छोड़ी थीं उसके पास। उन्हें चराने भर का काम कर लिया करता था वह, नाती के सहयोग से। बालेसर ही भरसक अपने बड़े भाई की देखभाल कर रहा था। खाना तो वह खिला देता था मगर दवा-दारू के पैसे का इन्तजाम उससे नहीं हो पाता था। झाबर की एक बेटी थी फुलिया जो बगल के ही गाँव धनसार में ब्याही गई थी। वह सप्ताह में एक बार आती थी और बाप को देखकर चली जाती थी। उसने अपने एक बेटे कलानन्द को नाना की सेवा-टहल के लिए उसके पास रख छोड़ा था। झाबर ने बताया कि एक महीना के बाद वह अपनी बेटी के पास ही चला चला जाएगा।

झाबर ने पूछा था, "मयंक तो आपके पास ही रहता है न?"

"हाँ, रहता था मेरे पास पूर्णिया में मगर अब मैं उसके पास रहूँगा।"

"कहाँ?"

"यहीं, गोकुलपुर में।"

झाबर ने दुख जताया कि जब वे गोकुलपुर आ रहे हैं, तब उसे यहाँ से धनसार जाना पड़ रहा है, और बोल गया, "बहुत दूर नहीं है धनसार, मुश्किल से आधा कोस; मैं वहाँ से भी जब-तब कलानन्द को साथ लेकर आपसे मिलने आया करूँगा। मेरी बेटी तो लगभग रोज ही आती है इधर के खेतों में काम करने।"

जब तक अमरनाथ बाबू खेती-बारी सँभालते रहे और झाबर उनके साथ रहा, तब तक झाबर उनकी उतरन ही पहनता रहा था। अब वे झाबर के नाती को अपने पोते की उतरन पहनाना चाहते थे। उन्होंने कलानन्द की नाप-जोख कर ली थी।

उन्होंने झाबर से कहा था कि मयंक बच्चों के साथ खूब खेलता है और कलानन्द के रूप में उसे एक अच्छा साथी मिल जाएगा। उनका आग्रह था कि झाबर कलानन्द को लेकर आए और इतनी बार लेकर आए कि वह बच्चा परक जाए उनके घर आने के लिए, मयंक के साथ खेलने के लिए। उन्होंने कलानन्द को भी मना लिया, "तुम नाना के साथ आना मेरे घर। आओगे न?"

अमरनाथ बाबू ने उस वक्त ही मन ही मन यह हिसाब लगाया कि मयंक के पास ऐसे कितने कपड़े हैं जो कलानन्द को दिए जा सकते हैं। कलानन्द को अचानक ही उन्होंने अपना एक और पोता मान लिया, और फिर सोच लिया कि वे कलानन्द को भी एक दादा का दुलार ही देंगे।

जब विदा लेने को हुए तो उन्होंने बालेसर को बुलाकर उसके हाथ में दो सौ रुपये दिए और कहा, "इन पैसों से आप झाबर के लिए दवा ले आएँगे। मैं भी बराबर आया ही करूँगा झाबर को देखने।"

बालेसर के हाथ में पैसे थमाते हुए उन्होंने जरा भी महसूस नहीं किया कि वे झाबर पर कोई कृपा कर रहे हैं; उन्हें लगा कि अभी भी झाबर के कुछ बकाए हैं उन पर और वे उस बकाए को कम कर रहे हैं।

मयंक के साथ आना हो गया, नहीं तो बिना बकाया चुकाए ही...।

अजीब बात, गाँव में दूध नहीं! सुना तो था कि गाँव बदले हैं, खूब बदले हैं मगर यह तो सोचा भी नहीं जा सकता था कि गाँव से दूध बिला जाएगा। एक गोकुलपुर का ही यह हाल है या हर गाँव का? हर किसी ने सुनाया, हर गाँव का यही हाल है।

अब सुनना क्या, अमरनाथ बाबू अपनी नजरों से देख रहे हैं गाँव का यह हाल।

कौन चराए गाय-भैंस? सारे चरवाहे भाग गए दिल्ली-पंजाब। छोटे-छोटे बच्चे तक बाप-भाई के साथ निकल गए परदेस कमाने।

कभी-कभी भोर का समय तब बड़ा सुहाना हो जाता था जब कोई खेतिहर अपने खेत से ही विकट-विकट गालियाँ पढ़ते हुए निकलता था और गाँव की हर सड़क-गली को धाँगकर ही अपने घर में प्रवेश करता था। घरों से बाहर निकल आए लोग हँसकर पूछते थे, "क्या हुआ?" घरों के बाहर खड़े लोग हँसकर एकसाथ जवाब दिया करते थे, "किसी भैंसवार ने खेत चरा लिया है।"

चतुर-सुजान खेतिहरों की पकड़ में आ भी जाया करते थे चोर चरवाहे। यह तो होता ही रहता था कि भोर-भिनसार में किसी का खेत चराते कोई भैंसवार पकड़ लिया जाता था। कभी भैंसवार की पिटाई हो जाती थी, कभी पंचायत।

भैंसवारों का जाना हुआ तो उनके साथ भोर के भूत भी चले गए। अब बाध-बहियार में कोई भूत नहीं आता भैंसवारों से नकियाती आवाज में खैनी माँगने, "उंतरों न भैंस सें; जरां खैनीं खिलां दों।" भोर में भूत का कोई डर नही बहियार में; जो डर था टहटह दुपहरिया में या फिर अँधेरी रात में इस-उस गाछ के पास।

चरवाहे गए तो उनका भार औरतें तो लेने से रहीं। गरीब घरों की औरतों को तो पहले भी खेती-मजदूरी से फुरसत कहाँ थी कि गाय-गोरू को देखतीं, और बाबू घरों की औरतों को तो अब टी.वी. आ जाने के बाद चूल्हा-चौका के लिए भी समय निकालना पड़ता है। अमरनाथ बाबू को याद है कि एक बार कुछ साल पहले उन्होंने वीणा को सलाह दी थी कि वह एक गाय पाल ले तो वीणा चौंककर 'अरे बाप!' बोल उठी थी

और फिर छोटा-सा जवाब दिया था, "और कुछ नहीं तो अब मैं गोबर-गोयठा करूँ!"

हेमन्त ने बताया कि किसी तरह आधा किलो दूध का जुगाड़ जयनारायण मंडल कर देता है मगर वह भी कभी-कभी नागा कर जाता है..."कल बभनटोली में किसी के घर शादी है, आज दूध वहीं चला गया...आज यादव टोली में किसी के घर पूजा-प्रसाद है, तीन दिन पहले से कहकर रखा था बेचारे ने...बनिया टोली में किसी के घर मेहमान आए हुए हैं; फलाँ चौधरी भोर से ही आकर बैठे हुए थे..." तब खाली लोटा लेकर ही लौटना पड़ता है।

अमरनाथ बाबू ने वीणा से कहा, "वीणा, यहाँ दूध की बड़ी किल्लत है। चाय के बिना हम भी नहीं रह सकते और मयंक तो दूध के लिए तरस जाएगा। तुम गोबर-गोयठा से भागती हो मगर अब हमें हर हाल में एक गाय पोसनी पड़ेगी। तुम मत करना गोबर-गोयठा; मैं उसका इन्तजाम कर लूँगा। बोलो, क्या कहती हो तुम?"

"मैं गाय के लिए बात कर चुकी हूँ।"

"किससे?"

"भगतू से।"

"क्या बात हुई है?"

"मैंने उससे कहा है कि अगर यहाँ गाँव में कोई कम-से-कम दो किलो दूध देने वाली गाय बिक रही हो तो पता लगाकर बोलिए।"

"यहाँ कोई गाय नहीं मिलेगी।"

"भगतू ने कहा है कि अगर यहाँ गाय नहीं मिलेगी तो वह बनमनखी हाट से गाय खरीदकर ला देगा।"

"तुमने मुझसे कभी पूछा नहीं और इतनी बातें कर लीं भगतू के साथ?"

"मैंने पता कर लिया था कि यहाँ दूध नहीं मिल रहा है। अब उसके बाद आपसे यह पूछना जरूरी था क्या कि मयंक को दूध पिलाना है या नहीं और दूध पिलाने के लिए गाय खरीदनी है या नहीं?"

अमरनाथ बाबू ने मुस्कराकर कहा, "नहीं, यह तो नहीं पूछना था।"

कुछ रुककर वे बोले, "मगर मुझे भगतू से और भी बहुत कुछ पूछना था।"

"और क्या?"

"मैं चाहता हूँ कि गाय का बोझ भगतू पर ही डाल दूँ।"

"वह बोला है कि रोज दूध दुह दिया करेगा।"

"उससे कुछ अधिक बोझ।"

"मतलब?"

"हम जब गाय पोसेंगे, तब एक से अधिक गाय पोसेंगे—दो, तीन, चार।"

"गोशाला खोलेंगे क्या?"

"हाँ, हम गोशाला ही खोलेंगे।"

"मगर उतने दूध का क्या करेंगे हम?"

"हम गोशाला खोलेंगे और उस गोशाला का मालिक भगतू को ही बना देंगे। वह करे व्यवसाय दूध का, और घी का भी। पूँजी हमारी, मेहनत उसकी। लाभ में हमारा बराबर का हिस्सा। भगतू की भी घर बैठे अच्छी कमाई हो जाएगी और वह हमसे हमेशा के लिए जुड़ जाएगा। सुबह-शाम दूध और घी के लिए दो-चार-पाँच आदमी आते ही रहेंगे। यह जगह मनसायन रहेगी। और, हमारा मयंक हर एक की नजर में रहेगा।"

"भगतू को तैयार करना पड़ेगा इसके लिए।"

"दिल्ली-पंजाब से अधिक कमाई उसे यहीं होगी, तब भी तैयार नहीं होगा क्या? हमारी गोशाला की गाँव में जिसे भी भनक लगेगी, वही आ जाएगा हमारे पास पैरवी करने। भगतू तो अभी बैठारी है, कोई काम भी नहीं कर रहा; वह तो झट तैयार हो जाएगा। मैं आज ही बतियाता हूँ उससे। तुम तय करो कि गोशाला किधर बनवाओगी।"

"गोशाला तैयार है; आप भगतू से बतियाइए और ले आइए गाय," हँसकर बोली वह, "दो, तीन, चार, पाँच।"

श्रीमान भी मुस्करा पड़े, "अभी एक, अभी सिर्फ एक।"

जब चोरों का जमाना था इस इलाके में, तब दागियों की पूरी सूची गोकुलपुर के हर जिम्मेदार आदमी की जबान पर होती थी और हर एक के दिमाग में लगभग हर चोर की पहचान भी। शाम के उतरते और रात के चढ़ते ही कनफुसकियाँ शुरू हो जाती थीं...मैं अभी-अभी अपने खेत से आ रहा हूँ। मैंने नहर पर दो-तीन टॉर्च जलते-बुझते देखा है। जगकर रहना होगा...आज शाम गोकुलपुर हाट में गफुरबा को देखा गया है। वह जरूर गोकुलपुर में ही हाथ साफ करेगा...बिल्टा जेल से छूटकर आ गया है। अब जब तक फिर जेल नहीं चला जाता, तब तक तो चैन की नींद नहीं सो सकते...रीतलाल सिंह के बगीचे में आठ-दस जूठे पत्तल पाए गए हैं। दिन में कोई जमावड़ा हुआ है। दिन में इधर-उधर हो गए हैं, रात में एकसाथ हो जाएँगे। पूरे गाँव को सावधान कर देना होगा। आज युवक रात का पहरा करें...

अब चोरों का जमाना नहीं रहा मगर कनफुसकियों का जमाना कभी भी जाने से रहा। यह जमाना तेजी से तब प्रकट होता है, जब गाँव में पंचायत का चुनाव आता है। अभी चुनाव में छह महीने की देरी है मगर कनफुसकियाँ अभी से चालू हो गई हैं।

गणपति मिश्र दूसरी बार गोकुलपुर पंचायत के मुखिया बने हैं और अब अन्तिम साँस लेने तक मुखिया पद छोड़ना नहीं चाहते। कनफुसकियों के आधार पर अब तक बारह लोगों के अखाड़ा में उतरने की संभावना है मगर इनमें कोई एक भी ऐसा पहलवान नहीं जो उन्हें जमीन सुँघा दे। पिछले चुनाव में देवनाथ मंडल ने तीन लाख रुपये खर्च किए थे और उसके अनुसार गणपति मिश्र ने सात लाख रुपये का श्राद्ध कर दिया था। देवनाथ मंडल का कहना था कि अगर उसके पास एक लाख रुपये और होते तो वह मिसर को पटक देता। गणपति मिश्र देवनाथ मंडल के इस दावे को बकवास मानते हैं। देवनाथ मंडल इस बार भी चुनाव में खड़ा होने जा रहा है मगर गणपति मिश्र को उससे जरा भी भय नहीं। वे जानते हैं कि जिस 'एक लाख' से वह मुखिया का पद हासिल कर लेता वह 'एक लाख' उसके पास कभी नहीं होगा।

मगर...

मदनेश्वर की कनफुसकी ने उन्हें कुछ भयभीत जरूर कर दिया था। शाम में आकर उसने गणपति चाचा को सुनाया, "अब कुल तेरह हुए, चाचा। आज की खबर है कि एक और पहलवान अखाड़े में उतर रहा है।"

"यह तेरहवाँ कौन है रे?" गणपति मुखिया ने लापरवाह स्वर में पूछा।

"हेमन्त भगत का बाप।"

"अमरनाथ बाबू?"

"नाम मैं नहीं जानता।"

"वे तो पूर्णिया मे रहते हैं। तुमने कैसे जाना कि वे चुनाव लड़ेंगे?"

"सात दिन हो गए उनको गाँव आए हुए।"

"यहाँ घर है उनका, जमीन है उनकी। वे पहले भी जब-तब आते रहे हैं। दो-चार दिनों के लिए आते थे, चले जाते थे। इस बार कुछ अधिक रुकेंगे अपने परिवार के साथ और फिर वापस हो जाएँगे। अब पूर्णिया छोड़कर गोकुलपुर में नहीं रहेंगे वे। वहाँ उनका घर-मकान है, सारी सुविधाएँ हैं। शहर छोड़कर अब कोई गाँव आता है क्या! प्रोफेसर साहब इतने दिनों तक नहीं आए तो अब गाँव में रहने के लिए नहीं आएँगे।"

"वे रहने ही आए हैं। पूर्णिया का पूरा घर उठाकर अपने साथ ले आए हैं। ऐसा पहले कभी हुआ था? यहाँ के लोग बता रहे हैं कि ऐसा पहले कभी नहीं हुआ था। पहले जब कभी आते थे ये, दो-एक दिन रहकर ही भाग जाते थे। लोग यह भी बताते हैं कि पहले जब कभी आते थे, घर में ही बन्द रहते थे, बाहर निकलना नहीं होता था मगर इस बार तो घर से अधिक बाहर ही समय बीत रहा है उनका। जब से आए हैं, टोला-टोला घूम रहे हैं। यह सब क्यों? मैं समझ रहा हूँ कि मुखिया बनने का लोभ उन्हें यहाँ खींच लाया है। आप मेरी बात पक्की मानिए, चाचा, कि वे चुनाव लड़ेंगे।"

"मैं खुद पता लगा लेता हूँ।"

"कैसे?"

"उनसे ही पूछ लूँगा।"

"वे बता देंगे?"

"मैं उगलवा लूँगा। मैं पहले भी कई बार मिल चुका हूँ उनसे। आदमी टेढ़ा नहीं है।"

"वह सब तो ठीक है, चाचा मगर अभी से हमें सावधान हो जाना है कि किस-किस टोले में उनकी दाल गल सकती है।"

गोकुलपुर में गुजाय की चाय दुकान केवल चाय की दुकान ही नहीं है, यह खबर की दुकान भी है। गाँव की सारी खबरें यहीं से फूटती हैं और गाँव वालों के बीच बँटती हैं। जो कोई भी हाट की ओर निकलता है वह गुजाय की दुकान से दो-चार अच्छी-बुरी खबरें लेकर ही घर आता है। यहीं से यह खबर फूटी और फैली थी कि हेमन्त भगत के पिताजी अमरनाथ भगत, मास्टर साहब, पूर्णिया से डेरा-डंडा उठाकर गोकुलपुर चले आए हैं। तब सबने यही माना था कि उम्र की आखिरी ढलान पर आ गया बूढ़ा अब अपनी जन्मभूमि की ओर खिंचा चला अया है। किसी के दिमाग में यह बात नहीं आई कि बूढ़ा मास्टर किसी 'मतलब' से शहर छोड़कर गाँव आया है।

यह 'मतलब' एक मदनेश्वर के दिमाग में आया था यह देखकर कि यह मास्टर, हेमन्त भगत का बाप, ठीक चुनाव से पहले आया है और जब से आया है गाँव में चकफेरी दे रहा है। जब मुखिया गणपति मिश्र ने भतीजे के 'मतलब' को बेमतलब की बात बोल गया, तब मदनेश्वर का जवाब था कि मास्टर भले ही अपने मतलब का ढोल अभी ही नहीं पीट रहा हो पर वह अखाड़ा तो तैयार कर ही रहा है, और उसने यह भी कह दिया कि वह मास्टर के मुँह से ही उगलवा लेगा कि वह क्यों आया है।

पचासों साल पहले एक फटेहाल औरत एक बच्चे के साथ रोती-कलपती और कुछ बुदबुदाती गोकुलपुर के रास्ते से जा रही थी। अपने दालान में बैठे अमरनाथ भगत के पिता बाबू शंकर भगत ने जब उसे अपने घर के सामने से गुजरते देखा तो उन्होंने हाँक लगाकर अपने सिपाही दासजी को बुलाया और उससे कहा, "सड़क से एक औरत एक बच्चे के साथ रोती-कलपती जा रही है; आप दौड़कर जाइए और उसे बुला लाइए।"

सिपाही दासजी का पूरा नाम रघुवीर दास था। वह पहले शंकर बाबू के समधी के पास रहकर सिपाहीगिरी करता था। जब एक बार शंकर बाबू ने अपने समधी को सुनाया कि उन्हें एक ईमानदार सिपाही की सख्त जरूरत है तो समधी साहब ने अपना सिपाही ही उनके पास भेज दिया। समधी का भेजा हुआ सिपाही था, इसलिए घर के मालिक ने कभी उसे रघुवीर कहकर नहीं बुलाया, कभी परोक्ष में भी गुस्सा आने पर रघुआ नहीं कहा। सारे लोग उसे दासजी कहने लगे।

शंकर बाबू ने उस दुखिया औरत के मुँह से उसकी पूरी कहानी सुनी। गोकुलपुर से तीन गाँव पहले के एक गाँव कुसियारी में उसका घर था। गोकुलपुर से चार गाँव बाद झिटकी में उसका मायके था। वह अपनी ससुराल से अपने मायके जा रही थी।

औरत के पति की मौत हो गई थी। गोतिया-दियाद के षड्यंत्र से श्राद्ध-कर्म में उसकी इकलौती जमीन बिक गई जिस पर उसकी एक टूटी-फूटी मड़ैया थी। गोतिया-दियाद ने वह जमीन हथिया ली और राँड़ को मड़ैया से बाहर ला पटका। गाँव वालों ने एक 'कमजोर' के लिए किसी 'मजबूत' से राड़ करना अहितकर माना। हालाँकि उस औरत के माता-पिता मर चुके थे और श्राद्ध-कर्म के समय कोई भाई आ खड़ा नहीं हुआ था, तब भी वह मायके जा रही थी कि वहाँ किसी न किसी गाछ-वृक्ष की छाया मिल ही जाएगी और उस छाया के नीचे रहकर वह अपने बच्चे को पोस-पाल लेगी।

मालिक ने सिपाही से कहा, "दासजी, यह औरत गाछ नहीं माँग रही है, सिर्फ छाया माँग रही है। अब सिर्फ छाया के लिए क्यों जाए यह मायके! बगीचे के बगल वाली जमीन पर एक मड़ैया बना दीजिए इनके लिए। साग-सब्जी उपजाने के लिए दो कट्ठे जमीन भी दे दीजिए। इसके बदले में वह हमारे जन-मजदूर की रसोई तैयार करेगी। और, इसका बेटा... इसका बेटा हमारे यहाँ चरवाही करेगा। पूछ लीजिए, यह सब मंजूर है उसे।

उस औरत को तो छाया की जगह पूरा गाछ ही मिल रहा था; क्यों मंजूर नहीं होता!

औरत ने बेटे का नाम 'बौका' बताया था, इसलिए वह 'बौकू-माँ के' नाम से प्रसिद्ध हुई।

बौकू-माँ के बारे में ढेर सारे किस्से सुन चुके थे अमरनाथ भगत, और बौकू का चेहरा भी उन्हें कुछ-कुछ याद था, क्योंकि जिन दिनों वे खेती अपनी निगरानी में करवा रहे थे, उन दिनों जाड़ा में दरवाजे पर लगने वाले घूरे के पास बौकू भी बैठा करता था।

सुबह-सुबह एक बूढ़ा दाखिल हुआ था दालान में और वहाँ बैठे अमरनाथ बाबू से कहा, "प्रणाम, मालिक।"

अमरनाथ बाबू ने अपनी निगाह बूढ़े के चेहरे पर टिकाई और सोचने लगे, चेहरा तो शायद कभी का देखा हुआ लगता है मगर...

"नहीं पहचाना न?" बूढ़ा बोल गया, "बहुत दिन हो भी तो गए। मैं बौकू हूँ। पिछली बार..."

"हाँ-हाँ, पहचान गया। आपको कैसे नहीं पहचानता! कहिए, क्या-हाल-चाल है? तबीयत ठीक रहती है न?"

"तबीयत ठीक रहती है, मालिक। मगर अब कुछ कमजोर हो गया हूँ। उम्र का असर तो होगा ही। अब बाहर निकलना कम हो गया है। सिर्फ हाट के दिन निकलता हूँ घर से बाहर। हाट तक चला जाता हूँ देश-दुनिया का समाचार पाने। कल शाम हाट गया था। वहीं मालूम हुआ कि आप आए हुए हैं। रात में ही इच्छा हो रही थी आपके पास आने की, आपके दर्शन करने की पर रात सोचकर नहीं आया। अभी आया।"

"आप आए, यह अच्छा लग रहा है मुझे। आप नहीं आते तो, दो-चार दिनों में मैं ही पहुँचता आपके पास। अब तो मैं यहीं रहूँगा। आप आते रहिएगा," हँसकर बोले अमरनाथ बाबू, "मुझे भी हाट का समाचार सुनाने।"

बौकू भी हँसा और फिर हँसी रोककर बोला, "कल का एक समाचार सुनाऊँ, मालिक?"

"हाँ-हाँ, जरूर सुनाइए, हर समाचार सुनाइए।"

"सुनाने लायक बस एक ही समाचार है।"

"बोलिए।"

बौकू ने सुनाया, "जब भी हाट जाता हूँ, गुजाय की दुकान में बैठता हूँ एक प्याली चाय पीने। वहीं देस-कोस के ढेर सारे समाचार सुनने को मिल जाते हैं। वहीं यह खबर हाथ लगी थी।" बोलकर बौकू मुस्कराया।

खबर को हाथ से जबान तक आते देर हुई तो अमरनाथ बाबू बोल पड़े, "खबर तो बोलिए।"

बौकू ने प्रश्न कर दिया, "आप मुखिया का चुनाव लड़ेंगे?"

"नहीं तो," अमरनाथ बाबू बोल पड़े, "किसने कहा?"

"गुजाय की दुकान पर लोग बतिया रहे थे कि आप मुखिया का चुनाव लड़ने के लिए ही पूर्णिया से गाँव आ गए हैं।"

"नहीं-नहीं, ऐसा नहीं है, बौकू," अमरनाथ बाबू हँस पड़े, "मैं चुनाव के चक्कर में पड़ने वाला नहीं हूँ।"

"चक्कर! कैसा चक्कर, मालिक?" बौकू बोला, "कोई चक्कर नहीं है। आपको बस खड़ा हो जाना है चुनाव में। आपकी जीत तो पक्की है।"

"जीत पक्की है!" हँसने लगे अमरनाथ बाबू, "यह कैसे कह रहे हैं?"

"गुजाय की दुकान पर जो लोग चर्चा कर रहे थे, वे यह भी बोल रहे थे कि आपके मुखिया बन जाने से गोकुलपुर का भला हो जाएगा," इतना बोलकर बौकू ने लगभग आदेश दे दिया, "आपको तो खड़ा होना ही होगा, मालिक।"

"चाय दुकान पर दो-चार लोग कुछ बोल गए, इससे तो कोई बात नहीं बन जाती है, बौकू। मुझे तो यहाँ के लोग जानते तक नहीं।"

"आपको नहीं जानते हों मगर बड़े मालिक को तो सब जान रहे हैं न।"

"चुनाव तो मैं न लड़ूँगा।

"एक किस्सा सुनाता हूँ, मालिक।"

बौकू ने किस्सा सुनाया, "बड़े मालिक के समय की बात है। इस टोले के परमा मंडल को आपने देखा होगा या उसका नाम सुना होगा। उसका बाप था तिरथानन। उसको मरे पाँच साल हो गए। उसके घर कोई मेहमान आया था और उसके घर में मेहमान को खिलाने के लिए चावल नहीं था। उसे

अपने अड़ोस-पड़ोस से भी कहीं चावल नहीं मिला तो वह दौड़ा-दौड़ा बड़े मालिक के पास आया, हाथ जोड़कर अपनी जरूरत बताई और आधा सेर चावल की माँग की। बड़े मालिक ने तत्काल दासजी सिपाही को बुलाया और उससे कहा, 'दासजी, तिरथानन को एक सेर चावल दे दीजिए।' जब तिरथानन चावल लेकर चला गया तो बड़े मालिक को अचानक कुछ याद आया और उन्होंने दासजी को बुलाकर कहा, 'आप भी हमेशा होश खोए रहते हैं और अपना दिमाग नहीं लगाते। तिरथानन क्या मेहमान को भात खिलाएगा, छूछा भात? थोड़ा दूध भी दे आइए, खीर बना लेगा।' दासजी दूध देकर आए तो थोड़ी ही देर बाद फिर बड़े मालिक की हाँक सुनाई दी। 'अब क्या हुआ?' की मुद्रा में आ खड़े हुए दासजी तो बड़े मालिक ने सुनाया, 'आप आधा दिमाग से काम क्यों करते हैं, दासजी? सब कुछ बताना ही पड़ेगा? खीर बिना शक्कर के ही बनेगी क्या? जाइए, थोड़ा शक्कर दे आइए।"'

किस्सा सुनाकर बौकू बोला, "यह कोई एक किस्सा नहीं है बड़े मालिक का। हर टोले में कोई नया किस्सा सुनने को मिल जाएगा। आपकी जीत पक्की है। आपको बस खड़ा हो जाना है। किसी चक्कर में नहीं पड़ेंगे आप, मालिक।"

"आपने बड़े मालिक का किस्सा सुनाया," अमरनाथ बाबू का जवाब था, "मेरा तो कोई किस्सा नहीं है। कौन जानता है मुझे यहाँ! क्या जानकर कोई मुझे अपना वोट देगा?"

"यहाँ के लोगों को इतना भर तो जानना है कि आप बड़े मालिक के बेटे हैं," बाकू बोल गया, "इसके बाद और कुछ जानने की जरूरत ही नहीं है उन्हें। जब आप यहाँ आ गए हैं तो अब आपको चुनाव में खड़ा होना है, मालिक।"

अमरनाथ बाबू जोर-जोर से हँस पड़े। जब हँसी थमी तब उन्होंने सुनाया, "आप तो मेरे पोते को जान ही रहे होंगे कि वह और बच्चों की तरह नहीं है। अब पूर्णिया उसके रहने लायक नहीं रहा तो उसे गाँव ले आया।

जान लीजिए कि उसी बच्चे में मेरे प्राण बसते हैं, इसलिए उसके साथ मुझे भी आना पड़ा। मैं मुखिया का चुनाव नहीं लड़ूँगा, क्योंकि अब मुझे अपना सारा समय इस बच्चे को ही देना है। इस बच्चे को मैं आपके सुपुर्द करूँगा, इस गाँव के सुपुर्द करूँगा, यहाँ के मुखिया के सुपुर्द करूँगा।"

इसके बाद बौकू कुछ और देर बैठा, अपने घर का हाल-चाल बताया, अपनी पतोहू के गुण गाए, अपने पढ़ाकू पोते के लिए आशीर्वाद माँगा और फिर मालिक को प्रणाम कर चला गया।

अगली हाट के दिन जब वह हाट गया तो देर तक गुजाय की दुकान पर बैठा और ढिंढोरा पीट दिया कि अमरनाथ बाबू मुखिया का चुनाव नहीं लड़ेंगे; मुखिया की गद्दी पर वे किसी सूरत में बैठने वाले नहीं हैं। गाँव तो वे किसी और मतलब से आए हैं।

पूर्णिया छोड़ते समय 'श्रीमान्' ने कहा था कि वे पूर्णिया बराबर आते रहेंगे। वे सचमुच बराबर आते रहे, कभी-कभी तो महीने में दो-दो बार, कभी अपनी जरूरत से, कभी मयंक की जरूरत से। मयंक के लिए किसी चीज की कमी हो जाए, यह तो उनसे बर्दाश्त ही नहीं होता था।

जब भी वे गाँव से आते, मेरे लिए घटनाओं का पुलिंदा लेकर आते। हर कहानी अपने कहानीकार को ढूँढ़ती है, ऐसा कभी पढ़ा था मैंने। मैं श्रीमान का दिया पुलिंदा खोलकर उस पुलिंदे से उन कहानियों को निकाल लेता, जिन्हें मेरी तलाश थी। गोकुलपुर के ढेर सारे पात्र मेरी कहानियों में शरीक हो रहे थे। श्रीमान अक्सर मुझसे कहा करते थे, "कभी चलिए गोकुलपुर और वहाँ गुजारिए दस-पन्द्रह दिन। गाँव में कहानियों का भंडार मिलेगा। आप लिखते रह जाएँगे और लिखते हुए इतना मन लगेगा कि कभी थकेंगे भी नहीं।" मेरे मन में भी जब-तब यह इच्छा जगती थी कि मैं कम-से-कम एक बार तो गोकुलपुर जाऊँ दस-पन्द्रह दिनों के लिए और अपने जिन पात्रों को आज तक कभी देखा भी नहीं है, उन्हें देख आऊँ। मुझे ऐसा भी तो लग रहा था कि कुछ ऐसे भी पात्र मिल सकते हैं मुझे वहाँ, जिन पर श्रीमान की नजर नहीं पड़ रही।

श्रीमान पूर्णिया आते तो रहे बराबर मगर कभी एक-आध दिन से अधिक का रुकना नहीं हुआ। आते, झटपट अपना काम करते और निकल जाते। यह पहली बार हो रहा था कि पूर्णिया में पूरे दस दिन रुकने का कार्यक्रम बनाया था उन्होंने।

उन्होंने फोन पर सूचित किया, "मैं पूर्णिया आ रहा हूँ, श्रीकान्त, पूरे दस दिनों के लिए।"

"मेरे लिए तो बड़ी अच्छी खबर है, श्रीमान," मैं बोला था, "मगर आप आ रहे हैं किसी खास काम से क्या?"

"हाँ, खास काम है," उनका जवाब आया, "पूर्णिया में पुस्तक मेला लगने जा रहा है न। आपने तो बताया नहीं मगर मुझे यहीं पता चल गया। एक बस पर पोस्टर सटा हुआ था पुस्तक मेला का। अच्छा समय गुजरेगा और ढेर सारी किताबें खरीदूँगा मेले में। लालमुनि की दुकान में मुझे अपनी खुराक के लिए किताबें नहीं मिलती हैं।"

मेरी कुछ कहानियाँ पढ़ने के बाद वे औरों की कहानियाँ भी पढ़ने लगे थे। उन्हें कहानियाँ पढ़ने की चाट लग गई। इतिहास की मोटी-मोटी किताबें तो वे शुरू से पढ़ते ही रहे थे, अब मोटे-मोटे उपन्यास भी पढ़ने लगे थे। किताबों का मेरा भंडार जब उन्हें खाली दिखने लगा तो किताबें खरीदने के लिए वे मुझे साथ लेकर बाजार जाने लगे। लालमुनि की किताब दुकान से उन्होंने पत्रिकाएँ खरीदनी शुरू की। अब तो ऐसा हुआ कि मैं उनसे पत्रिकाएँ और किताबें माँगकर पढ़ने लगा था।

यह सोचकर मुझे खुशी हुई थी कि साहित्य की ओर उन्हें मोड़ने का श्रेय मैं ले सकता हूँ।

जब पिछली बार वे मेरे साथ पुस्तक मेला गए थे तो उन्हें अपनी पसन्द की एक भी पुस्तक नहीं दिखी थी। तब वे इतिहास की पुस्तकें ढूँढ़ रहे थे। इस बार उन्होंने जमकर किताबें खरीदीं—कहानी-संग्रह, कविता की पुस्तकें, मोटे-मोटे उपन्यास। मुझे उन्होंने कुछ भी खरीदने नहीं दिया, मेरी पसन्द की किताबें भी वे ही खरीदते रहे।

हम दस दिन एकसाथ रहे और साहित्य में डूबे रहे। ये दिन कभी भुलाए नहीं जा सकते। दसवें दिन मैं यह सोच बैठा, कितना अच्छा होता कि पूर्णिया का यह पुस्तक मेला सिर्फ दस दिनों का न होकर दो-चार-छह महीनों का होता।

ग्यारहवें दिन वे मयंक के पास चले गए। जाने से पहले उन्होंने एक मीठी बात कही, "मुझे गाँव में एक ऐसे बूढ़े से मुलाकात हुई जो कभी हमारा चरवाहा था। वह अब खुशहाल हो गया है। उसका एक पोता, नाम है अभिनन्दन, नवीं कक्षा का विद्यार्थी है, पढ़ाकू है, होनहार है। अपने दादा के आदेश से वह लगभग रोज ही मेरे पास आया करता है मेरा छिटपुट काम कर देने के लिए। वह मुझे भी दादा ही कहता है।

"मेरे लिए उसके पास बस एक ही काम रहता है कोई किताब पढ़कर मुझे सुनाना। वह शाम से कुछ पहले मेरे पास आ जाया करता है और मुस्कराते हुए पूछता है, 'आज क्या पढ़ना है, दादा?' मैं उसे बस घंटा भर अपने पास बैठाकर छुट्टी दे देता हूँ।

"वह अब मयंक के साथ भी काफी घुल-मिल गया है, खोज-खबर लेता है और उसके साथ खेलता भी है। उसे नहीं मालूम कि मयंक पर भी कोई कहानी लिखी जा रही है। मयंक पर लिखी कोई कहानी पढ़कर बहुत खुश होगा वह।"

"तो फिर..." मैं बोलते-बोलते रुक गया था।

"फिर क्या?" वे पूछ बैठे।

कुछ रुककर मैं बोला, "मयंक की वह कहानी तो मैं अभी तक पूरी नहीं कर पाया हूँ जिसमें वह ईश्वर को बहुत-कुछ बताता है पर उससे अलग एक छोटी-सी कहानी लिखी है मैंने।"

"लिख ली है?" श्रीमान का चेहरा खिल उठा था।

"हाँ।"

"अभिनन्दन के लिए वह कहानी मुझे चाहिए।"

कहानी मैंने उन्हें सौंप दी।

अभिनन्दन से कहानियाँ पढ़वाने की जगह उन्होंने बदली। कमरे के बजाये दालान उन्हें बेहतर लगा। कमरा शहर की तरह लगने लगा था, दालान पूरा का पूरा गाँव—खुली जगह, शुद्ध हवा, भरपूर रोशनी, हर तरफ हरियाली, सामने मैदान में खेल रहे बच्चे और उनके आस-पास अपना मयंक।

गाँव में लोगों की एक गन्दी आदत है कि अगर कहीं दो आदमी बातें कर रहे हों तो कोई तीसरा टपक पड़ेगा और बगल में आ खड़ा होगा बातें सुनने के लिए। हो सकता है, थोड़ी देर में कोई चौथा भी आ जाए।

यह दूसरा दिन था जब अभिनन्दन अपने नए दादा को कहानियाँ पढ़कर सुना रहा था। सड़क से गुजर रहे गोनर ने दूर से ही देख लिया दालान में इन दोनों को बतियाते। हाट जाने का इरादा त्यागकर वह दालान में आ घुसा और थोड़ी देर खड़ा रहकर पास की चौकी पर बैठ गया। अभिनन्दन ने गोनर को देखकर पढ़ना बन्द कर दिया मगर दादा ने गोनर को अनदेखा करते हुए अभिनन्दन को पढ़ना जारी रखने को कहा।

मगर किस्सा अभी पहले दिन का, और किस्सा मयंक का।

पूरा किस्सा पढ़कर जब अभिनन्दन उठा तो उसके मुखड़े पर घोर प्रसन्नता थी और वह रह-रहकर बेवजह मुस्करा उठता था। दादा ने उसकी मुस्कराहट पर गौर तो किया मगर कुछ बोले नहीं, सिर्फ खुद भी मुस्कराकर रह गए।

अभिनन्दन ने जाते-जाते बस इतना भर पूछा था, "यह श्रीकान्त जी कौन हैं, दादा?"

"हैं कोई लेखक, कहानियाँ लिखते हैं।"

"गोकुलपुर के हैं?"

"तुम जानो; मैं तो अभी-अभी आया हूँ।"

"इस गोकुलपुर के तो नहीं हैं। यहाँ तो कोई श्रीकान्त नहीं है।"

"कहीं के हों, हमें क्या मतलब? हम तो बस उनकी कहानियाँ पढ़ते हैं।"

"कहानी का मयंक तो अपना मयंक ही है न?"

"मयंक नाम क्या और किसी बच्चे का नहीं हो सकता?"

"मगर उसके साथ यह मंगलवारवाली और फिर हरदीपुरवाली," बोलकर वह खिलखिला पड़ा। दादा को बताकर गया, "गोकुलपुर के नहीं हैं श्रीकान्तजी मगर हैं कहीं आस-पास के ही।"

हरदीपुरवाली को कहीं के किसी 'श्रीकान्त' के पास जाने की जरूरत नहीं थी। जितना कुछ सुनाया था अभिनन्दन ने उसे, उतना ही काफी था। अब उसकी बारी थी मंगलवारवाली पर टूट पड़ने की। रात गुजर जाने तक की मोहलत उसने नहीं दी। इधर अभिनन्दन गया और उधर वह पहुँच गई मंगलवारवाली के पास। आवाज में गरमी लाकर उसने कल्ला चलाया, "क्यों गे मंगलवारवाली, अब बता तो, मेरा ललुआ घुसा था तुम्हारे घर में? न देखा था, न सुना था, और करती रही गालियों की बौछार। अब बुलाती हूँ सितवा को भी। उस पर भी तो शक कर रही थी तुम। अब उससे फरियाओ। बेचारा रमलछना कह रहा था मुझसे, 'चाची, मैं तो इधर चार दिनों से आया भी नहीं हूँ।' रमलछना को भी बुलाती हूँ।"

हरदीपुरवाली ने ऐसा कल्ला दबाया मंगलवारवाली का कि बेचारी दब-दुबककर रह गई। हरदी तो बोल गई वह मगर इस हार में एक जीत भी नजर आ गई उसे। सबकी नजर बचाकर वह हेमन्त के घर में घुसी और सीधे मयंक की माँ के पास पहुँच गई।

उसने मयंक की माँ से कहा, "दीदी, अब तो मालूम हो ही गया होगा कि मेरे घर में मयंक बबुआ ही घुसा था। अभिनन्दन तो आपके घर आता ही है। उसे सब पता है। मेरा बहुत नुकसान हुआ था, दीदी। बटला-बटली अभी तक नहीं खरीद पाई हूँ। सूप तो मैंने खरीद लिया मगर डगरा हरदीपुरवाली से ही माँगकर काम करती हूँ। दस-बीस गोयठे का क्या हिसाब! आपको तो कोई कमी नहीं है, दीदी; मेरा नुकसान भर दीजिए।"

वीणा ने तिरछी नजरों से मंगलवारवाली को निहारा और सम्भावित हुज्जत-तकरार को ध्यान में लाकर बोली, "डगरा मैं अभी दे देती हूँ। जब

बरतन बेचने वाला गाँव में आएगा, तब आइएगा, बटला-बटली भी खरीद दूँगी। गोयठे भी आप लेकर ही आइए। और सुन लीजिए, अब फिर कभी यह कहने नहीं आइएगा कि इसका भी नुकसान हुआ और उसका भी नुकसान हुआ।"

मंगलवारवाली हँस पड़ी और बोली, "नहीं-नहीं, अब नहीं आऊँगी कुछ कहने। अब कुछ और नुकसान हुआ भी होगा तो मान लूँगी कि मेरे अपने बच्चे ने ही किया है। मयंक बबुआ भी तो अब अपना बच्चा ही न हुआ।"

वीणा को लगा कि मंगलवारवाली को जो भी फायदा हुआ हो, उसका कोई नुकसान नहीं हुआ है।

कहानियाँ पढ़ने वाला अकेला अभिनन्दन भले रहा हो मगर कहानियाँ सुनने वाले एक अकेले श्रीमान तो नहीं रहे। दूसरे दिन से सुनने वाले जुड़ते गए। गोनर के बाद शीबन आया, शीबन के बाद हरिलाल...फिर महेन्दर...फिर सम्पत...फिर...

श्रीमान हमेशा स्वागत की मुद्रा में रहे और अभिनन्दन से कह दिया, "किसी को आने से रोकना मत।"

किसी को रोका तो नहीं मगर यह तो बुरा हुआ कि पढ़ी जा रही कहानियों के सारे पात्र गोकुलपुर में मिलने लगे। मयंक की कहानी में तो अभिनन्दन को किसी को पहचानने के लिए माथापच्ची नहीं करनी पड़ी मगर अन्य दूसरी कहानियों के पात्रों को भी सुनने वालों ने कभी बिना माथा लगाए और कभी कुछ माथा लगाकर भी पहचान ही लिया।

एक दिन तो हरिलाल ने कहानी के बीच में ही टोक दिया, "यह किस्सा अजोधी का है।"

"कौन अजोधी?" श्रीमान पूछ बैठे।

"देबू मड़ड़ के टोले का अजोधी, अजोधी मंडल।" हरिलाल ने जवाब दिया।

"यह किस्सा यहाँ के अजोधी मंडल का नहीं है," श्रीमान बोल पड़े,

"ध्यान नहीं दिया कि गाँव का नाम पहाड़पुर है? यह किसी पहाड़पुर गाँव का अजोधी मंडल है।"

उस समय हरिलाल चुप तो हो गया मगर कहानी समाप्त हो जाने पर जब जाने लगा तो सुना गया श्रीमान को, "आप जो कह लीजिए, बाबा मगर यह किस्सा है इसी गाँव का और यहीं के अजोधी मंडल का। पहाड़पुर के देवन मेहता के भी तीन बेटे, दो बेटे पंजाब मे खट रहे, तीसरा गाँव में रह रहा। माँ के मरने पर पंजाब से कोई बेटा नहीं आया। श्राद्ध भोज का पूरा खर्च तीसरे को उठाना पड़ा। इसी अजोधी का किस्सा है, बाबा; नाम बदलने से क्या होता है!"

फिर तो ऐसा हुआ कि पढ़ी जा रही सारी कहानियों के पात्र गोकुलपुर में मिलने लगे। नाम बदलने से क्या होता है!

गुजाय की चाय दुकान पर चाय पीने वाले कम, टटकी खबर सुनने वाले अधिक जुटने और जमने लगे। यहाँ की खबरें पूरे गाँव में फर्राटा भरने लगीं।

यह श्रीकान्त कौन है?

रग्घू बलबला रहा था, "कौन साला कहता है कि मेरी घरवाली सज्जाद ड्राइवर के साथ भाग गई थी? भरी पंचायत में मेरी घरवाली ने जवाब दिया था कि वह किसी के साथ भागी नहीं थी, वह तो अपनी बहन के पास गई थी सज्जाद के ट्रक से। कौन है यह श्रीकान्त? और इस आदमी तक यह अफवाह गई कैसे? साला चौकीदार का काम है।"

"बेटी ने जहर खाकर जान दे दी तो क्या करता उसका बाप देबू? डॉक्टर के पास ले जाता? थाना को खबर करता? हे भगवान, मैं भी लाश जलाने गया था!" सनीचर सुना रहा था बूढ़े राजेन्द्र चौधरी को, "नहीं जाता, चाचा, देबू के दुख-सुख में? अपने को पराया बना देता? इस कहानी के पीछे चौकीदार नहीं है, चाचा। उसने तो लाश को घेर ही लिया था और

पूरे पन्द्रह हजार गिना लेने के बाद लाश उठाने दिया था। अब क्या होगा? अगर यह कहानी थाना के हाथ लग गई, तब क्या होगा? एक-एक को पकड़ेगा दरोगा।...कैसे नहीं जाता मैं लाश जलाने!"

मदनेश्वर हाट से सीधे गणपति मुखिया के पास आ गया था सुनाने, "चाचा, आप सावधान हो जाइए; हेमन्त भगत का बाप आपके पीछे पड़ गया है। वह आया ही है यहाँ मुखिया बनने। वह प्रचार करवा रहा है कि आप बहुत बड़े घुसखोर हैं और बिना घूस खाए किसी का कोई काम नहीं करते। कहने को तो किस्सा किसी अमरपुर पंचायत के किसी रामानुज मिसर का है पर हाट पर लोग हँस-हँसकर बोल रहे हैं कि किस्सा गोकुलपुर के मुखिया का ही है और कहानी की एक-एक बात सच्ची है, बात यही कि गोकुलपुर का मुखिया भारी घुसखोर है और घूस के पैसे से ही मोटरगाड़ी खरीदी है और दोमहला खड़ा किया है।"

कितने ही किस्से उखड़ने लगे थे। गुजाय की दुकान पर गोनर, शीबन, हरिलाल, महेन्दर, सम्पत वगैरह की पूछ कुछ अधिक होने लगी। कितने ही लोग धड़कते दिल से आने लगे थे गुजाय की दुकान पर, कहीं आज उसकी पहचान न हो जाए। कभी कोई गोनर से तो कभी किसी और से पूछ बैठता कि इस कफनखसोट या उस बगुलाभगत का किस्सा आया है या नहीं।"

जहाँ श्रीकान्त की इन कहानियों ने गाँव की शान्त झील में रोड़े फेंककर चंचल लहरों को जन्म दे दिया, वहीं श्रीमान फकत एक कहानी से चिपके रह गए। यह मयंक की कहानी थी जो उन्हें बार-बार गुदगुदा रही थी।

पूर्णिया छोड़ने के बाद ऐसा पहली बार हुआ था कि श्रीमान बिना किसी जरूरत के गाँव से पूर्णिया आए थे, आए थे सिर्फ श्रीकान्त से मिलने। जब गाँव में बस में बैठे वे तो पूर्णिया तक उस बस में उनके आस-पास

कोई नहीं था, न आगे, न पीछे, न कोई अगल-बगल। बस एक मयंक की कहानी थी जो उनके साथ चल रही थी।

उसकी कहानियों ने किस तरह गोकुलपुर को हिलकोर दिया था, यह सब सुना देने के बाद श्रीमान ने श्रीकान्त से कहा, "मगर मयंक की कहानी! लाजवाब!...आपने तो मेरी आत्मा को ही पकड़ लिया और कहीं-कहीं तो मेरी आत्मा में सेंध लगा दी है।"

"सेंध लगा दी है?" श्रीकान्त मुस्करा उठा।

"हाँ, श्रीकान्त," श्रीमान बोल पड़े, "आपकी लिखी इस कहानी के कुछ अंश मैं आपको ही पढ़कर सुना देता हूँ।"

श्रीमान सुनाने लगे थे...

...भगतू गाय दुहने कुछ सबेरे ही आ गया। श्रीमान पूछ बैठे, "गाय दुहेंगे?"

"जी।"

"आज कुछ पहले ही आ गए?"

"रात में ही अभिनन्दन ने बताया था कि मयंक बबुआ को ठंड लग गई है, खाँसी हो गई है। सोचा कि जल्दी दूध दुहकर दे दूँ। गरम-गरम दूध में हल्दी डालकर पिला देगी इसकी माँ तो बबुआ को आराम मिलेगा।"

भगतू गया नहीं कि गोनर श्रीमान के पास आ गया। वह बोला, "डॉक्टरी दवाई से सर्दी-खाँसी जल्दी ठीक नहीं होती है, बाबा। तुलसी की मंजरी, प्याज का रस और सोंठ मिलाकर मधु के साथ सेवन करने से खाँसी ठीक हो जाती है। यह दवा रामवाण है।"

गोनर के बाद शीबन आया, "मैं खाँसी का इलाज बताता हूँ, बाबा। मेरा आजमाया हुआ है। मुनक्का, सुहागा, काली मिर्च और सेंधा नमक मिलाकर थोड़ा-थोड़ा चाटने से खाँसी में शीघ्र लाभ होता है।"

शीबन के बाद हरिलाल आ गया, फिर महेन्दर, फिर सम्पत, फिर कोई और। हर आदमी कुछ न कुछ बता गया, खाँसी से लेकर कुकुरखाँसी

तक की दवा। भुनी हुई लौंग से लेकर बड़ी इलायची तक के गुण की जानकारी मिल गई श्रीमान को।

शाम ढलने से पहले ननकेसर आ गया और बहुत संकोचित स्वर में बोला, "बाबा, कोई-कोई रोग केवल दवा-दारू से ही ठीक नहीं होता। जो रोग नजर-गुजर से लगता है, वह क्या किसी दवा से ठीक होगा? पिपरा में एक मन्तरिया है, अच्छी झाड़-फूँक करता है। आप कहिए तो मैं मयंक बबुआ को अपने साथ ले जाऊँ और उससे झड़वाकर ले आऊँ।"...

अभिनन्दन की नजर सिर्फ दिन पर ही नहीं, मयंक की रात पर भी रहती है। वह निश्चिन्त होकर तब सोता है, जब उसे लगता है कि अब तक मयंक भी बिस्तर पर जा चुका होगा। एक बार वह वीणा को ही डाँट रहा था, "चाची, यह क्या टी.वी. देखना हुआ कि आपको यह होश भी नहीं रहता कि मयंक इस ठंड में कहाँ है! रात हो गई है, ठंड बढ़ गई है और मयंक घर के बाहर मचान पर देह सिकोड़कर बैठा हुआ है। सिर्फ एक कमीज है उसकी देह पर, आधी बाँह की कमीज। कैसी माँ हैं आप? बोल दूँ दादा को?"

...**नागो मंडल** की पतोहू हीरापट्टीवाली एक सुबह आती है वीणा के पास, कुछ देर बोलती-बतियाती है अपने घर-परिवार के बारे में और फिर अचानक विहँसकर पूछ बैठती है, "दीदी, आप तो छठ नहीं करतीं?"

"नहीं, मैं नहीं करती।"

"मैं तो करती हूँ।"

वीणा हँस पड़ी, "यह बताने आई हो क्या? मैं तो हर साल देखती ही हूँ तुम्हें छठ करते।"

"मैं अभी दो सूप उठाती हूँ।"

"यह भी जानती हूँ।"

"इस बार एक सूप बढ़ाऊँगी।"

"किसके लिए?"

"अपने मयंक बबुआ के लिए।"

...एक बालक सीधे दालान में आता है और श्रीमान की ओर एक पुड़िया बढ़ाते हुए कहता है, "पिताजी बाबाधाम गए थे। पुड़िया में वहीं का प्रसाद है। इसमें एक बद्धी भी है। बद्धी मयंक भैया को पहना दीजिएगा।"

"क्या नाम है तुम्हारे पिताजी का?" श्रीमान पूछ बैठे थे।

"हितनारायण चौधरी।"

"घर किधर है?"

"गोकुलपुर हाट पर।"

श्रीमान और भी बहुत कुछ पूछना चाहते थे उस बालक से मगर पूछ नहीं पाए, सिर्फ नजरों से जाते हुए बालक का पीछा कर पाए।

...लालचन की घरवाली अपने पति के सामने बुदबुदा पड़ी थी, "कितने कठकरेज हैं सबके सब!"

"क्या हुआ?" पूछ बैठा लालचन।

"तीन-तीन पतोहुएँ हैं घर में," घरवाली ने सुनाया, "किसी एक को भी सुनाई नहीं देता कि बूढ़ा ससुर कब से रिरिया रहा है खाना के लिए। कुछ रूखा-सूखा भी नहीं खिला सकती कोई एक भी। इस तरह तो भूख से मर जाएगा बूढ़ा तनुकलाल, तीन-तीन कमाऊ बेटों का बाप।"

"हम कुछ नहीं कर सकते," लालचन बोला, "उसके बेटे ही नालायक हैं। तुम कुछ कहने जाओगी उनसे तो जान लो कि तुम झगड़ा मोल लेने जा रही हो।"

लालचन की घरवाली बुदबुदाकर रह गई मगर उनके सामने किताब खोलकर पढ़ रहा उनका नौ साल का बेटा अपनी पढ़ाई छोड़कर उसी क्षण निकल पड़ा झगड़ा मोल लेने। आँगन में घुसकर उसने बूढ़े तनुकलाल की तीनों पतोहुओं को सुना दिया, "सुन लीजिए, चाची, कल स्कूल में

हेडमास्टर साहब ने हम लोगों को बताया था कि जिस बूढ़े बाप को बेटा नहीं खिलाएगा, उसे जेल जाना पड़ेगा। थाना में खबर जाने भर की देर है। तनुक चाचा तो बोलेंगे ही कि कोई पतोहू खाना नहीं दे रही है। आप तीनों को अररिया जेल भेज दिया जाएगा। कानून यह भी बन गया है कि गाँव में कोई भूख से मरेगा तो वहाँ के मुखिया को गिरफ्तार कर लिया जाएगा। मैं आज स्कूल से आकर मुखियाजी को भी यह कानून सुना दूँगा।"

अभिनन्दन ने हँस-हँसकर यह सब सुनाया था श्रीमान को। तब श्रीमान की आँखों के सामने बूढ़ा तनुकलाल नहीं, अपना मयंक आ गया था।

...जुमराती का बेटा कुदुस जब-तब आ जाया करता था श्रीमान के पास उनका हाल-चाल जानने पर उस एक दिन उससे यह नहीं बोला जा सका कि अब्बा ठीकठाक हैं। उसने बताया, "अब्बा की हालत बिलकुल ठीक नहीं है, चाचा। बिस्तर पकड़ लिया है उन्होंने। आपको जब-तब याद करते हैं, आपके साथ मयंक को भी। अगर वे चल-फिर सकते तो जरूर आते मयंक को देखने।"

तत्क्षण श्रीमान ने कहा था कुदुस से, "तुम शाम में आओ मेरे पास; मैं मिलने जाऊँगा उनसे।"

कुदुस ने कभी बताया नहीं था पर जुमराती के साथ हुई बातचीत में यह बात खुल गई कि एक उर्स में शरीक होने जुमराती पूरे परिवार के साथ बैलगाड़ी से गए थे। जुमराती ने सुनाया, "वहाँ गया तो मुझे मयंक बबुआ की याद आई। पीर की मजार पर मैंने एक चादर मयंक बबुआ की ओर से चढ़ाई थी।"

श्रीमान की आँखें भींगने लगी थीं। उन्होंने लगभग काँपते स्वरों में ही कहा था, "भगवान न करे कि इस इलाके में कभी हिन्दू-मुस्लिम दंगा हो पर अगर कभी दंगा होता है तो मैं अपने हिन्दू पोते को इसके मुस्लिम दादा के घर रख आऊँगा।"

अभी भी कहानी के आखिरी पन्ने का आखिरी टुकड़ा सुनाना बाकी रह गया था। उस पन्ने को अलग रखकर श्रीमान श्रीकान्त से बोले, "आप ध्यान दीजिए कहानी के अन्त पर।"

"है मेरे ध्यान में कहानी का अन्त।" श्रीकान्त मुस्कराया।

"मैं एकसाथ दस कम्बल खरीदता हूँ और दसों कम्बल वीणा के सुपुर्द करते हुए उससे कहता हूँ कि ये सब कम्बल मयंक के लिए हैं। इन्हें बड़े बक्से में डाल दो, और फिर सुन लो कि ये सारे कम्बल मयंक के लिए हैं।"

श्रीकान्त की मुस्कराहट बढ़ती जा रही थी।

श्रीमान ने आगे सुनाया, "हेमन्त जब घर आता है तो वीणा उसे अपने कमरे में बुलाती है और सारे कम्बल दिखाकर बोलती है, 'दादा ने मयंक के लिए इतने सारे कम्बल खरीदे हैं।'

"तब हेमन्त कुछ गम्भीर होकर कहता है, 'पिताजी पगला गए हैं।' कहता है न?"

"हाँ, श्रीमान।" श्रीकान्त खुलकर हँसा।

उसकी हँसी थमी तो श्रीमान बोले, "मुझे लगता है, श्रीकान्त, कि यह हेमन्त ने नहीं कहा, आपने कह दिया है। सच बोलिए, श्रीकान्त, सच-सच बोलिए, क्या मैं सचमुच पगला गया हूँ?"

"नहीं, नहीं, नहीं, श्रीमान," श्रीकान्त ने अपने को सँभाला, "मुझे तो लगा था कि हेमन्त इन्ही शब्दों से अपनी खुशी व्यक्त करेगा। कोई दादा अपने पोते के पीछे पागल हो जाए तो इसमें बुरा भी क्या है, श्रीमान!"

मुझे ऐसा नहीं भी लगा हो कि जिन शब्दों को मैंने हेमन्त के मुँह में डाल दिए थे उन शब्दों में हेमन्त की खुशी झलक रही थी पर इन शब्दों ने श्रीमान के चेहरे पर जो चमक ला दी थी, उससे मुझे लगा कि वे गद्‌गद हो गए हैं। शायद उन्हें बहुत अच्छा लगा था यह सुनना कि एक दादा अपने पोते के पीछे पागल हो गया है।

मयंक की जो कहानी लिखने का भार उन्होंने मुझ पर डाला था, वह

उनके साथ चल रही थी। वे आगे-आगे, कहानी उनके पीछे-पीछे। कहीं एक कदम आगे चली भी जाती मेरी कहानी तो वहाँ तक पहुँचते देर नहीं होती श्रीमान को।

मेरी कहानी में जब श्रीमान निश्चिन्त हुए मयंक को लेकर तो अपनी जिन्दगी में भी वे निश्चिन्त हो गए लग रहे थे।

पर, ऐसा हुआ नहीं था।

पूरे तीन महीनों के बाद उनका पूर्णिया आना हुआ था। हमार छोटी-छोटी बातचीत फोन पर होती रही थी पर पेट भर उनसे बतिया नहीं पा रहा था। बतरस का सुख मुझे नसीब नहीं हो रहा था।

उन्होंने फोन पर ही सूचित कर दिया था अपने आने का समय, और वे जब आए तब मैं उनकी अगवानी के लिए तैयार बैठा था।

कमरे में घुसते ही उन्होंने जेब से अखबार और पत्रिकाओं की कुछ कतरनें निकालीं और मुझे देते हुए बोले, "आप पहले इन्हें पढ़ लेंगे।"

मैंने कतरनों पर निगाह डाली और एक को पढ़ना शुरू किया ही था कि उन्होंने मुझे टोक दिया, "अभी नहीं; मेरे जाने के बाद आराम से पढ़ें आप। और इन कतरनों को पढ़ने के बाद एक खूबसूरत कहानी लिखें। छोड़ दें अभी मयंक की कहानी को आगे बढ़ाने का विचार। अब मयंक की कहानी नहीं; पहले इन कतरनों में छिपी कहानी। मैं इस बार दो-तीन दिन रुकूँगा यहाँ। इस नई कहानी के बारे में कुछ पूछना हो तो कल पूछ लीजिएगा।

वे थोड़ी देर और रुके होंगे। मेरा हाल-चाल पूछ लिया, कुछ अपना सुनाया और चले गए।

उनके जाते ही मैंने कतरनों को पढ़ना शुरू किया।

उन कतरनों में तीन साल के अयलान कुरदी की तस्वीर और उसकी कहानी छपी थी।

सीरिया में मार-काट मची हुई थी, भयंकर रक्तपात हो रहा था और लोग स्वदेश छोड़कर भाग रहे थे। ये भागकर किसी दूसरे देश में पहुँच जाना चाहते थे।

अयलान भी अपने परिवार के साथ भागा था। उसके पिता तुर्की तस्करों को काफी पैसे देकर पूरे परिवार के साथ एक रबर की डोंगी में सवार हुए थे। अचानक समुद्र उग्र हुआ था। लहरें डोंगी के साथ खेलने लगीं। डोंगी में पानी भरने लगा। तुर्की तस्कर उस डोंगी को छोड़कर निकल भागे और उस पर बैठी सवारियों को मौत से लड़ने के लिए छोड़ दिया।

एक घंटे के बाद ही डोंगी डूब गई।

डोंगी के डूबते ही सब डोंगी से चिपक गए थे।

लेकिन समुद्र की उग्र लहरों ने उन्हें चिपककर रह जाने नहीं दिया। लहरें उन्हें बहा ले गईं।

बहकर आया अयलान तुर्की के एक समुद्र-तट पर टिक गया था। अब वह एक लाश था।

इन कतरनों में पड़ी एक लाश पर एक कहानी लिखने के लिए बोलकर गए हैं श्रीमान। मैं अपने को तौलने लगा, क्या मैं कोई कहानी लिख सकता हूँ?

कैसे लिखूँ मैं?

शहर से भागते हुए अयलान को क्या शहर का वह सबकुछ याद आ रहा होगा, जिनसे जुड़ा रहा था वह और अब जिन्हें सदा के लिए छोड़कर जा रहा था? वे सारे बच्चे याद आ रहे होंगे, जिनके साथ खेला करता था वह और अब कभी उनके साथ खेल नहीं पाएगा? क्या मौत के डर ने उसके दिमाग में ऐसा कोई खयाल आने ही नहीं दिया होगा? दिया होगा आने?

कैसा रहा होगा अयलान के भीतर का भय, जब वह अपनी आखिरी समुद्री यात्रा कर रहा होगा? यह तो दिख रहा था मुझे कि अपनी इस यात्रा में वह डोंगी में अपने माता-पिता के साथ चिपककर बैठा होगा पर यह कैसे जानूँ मैं कि क्या चल रहा होगा उसके दिमाग में तब,

जब उस छोटी रबर डोंगी में पानी भरने लगा होगा? उसने कुछ महसूस किया होगा कि आगे क्या होने जा रहा है?

इस बच्चे की तस्वीर को देखकर किसी का भी दिल भर आएगा—यमुद्र-तट पर निर्जीव पड़ा एक बच्चा, शायद अपने होंठों पर मुस्कराहट चिपकाए हुए; दुनिया की राजनीति की कोई परवाह नहीं; धार्मिक विभाजनों से बिलकुल बेअसर; जिसने और कुछ जाना ही नहीं सिवा अपने भाइयों और अपने दोस्तों के साथ खेलने के।

यह सब तो है मगर किसी दूर देश के समुद्र-तट पर पड़े इस दूर देश के निर्जीव बालक पर कोई कहानी कैसे लिखूँ?

हर बेटे की तरह यह बेटा भी अपने माँ-बाप का बहुत प्यारा रहा होगा। हर बेटे की तरह यह बेटा भी अपने माँ-बाप को खुशियों से भर देता होगा।

अब तो मैं इस अयलान के लिए प्रार्थना भर कर सकता हूँ कि घोर अशान्ति से निकल गए इस बच्चे के दिन घोर शान्ति में कटें...मेरे प्यारे अयलान, यह दुनिया शर्मसार हुई है कि इसने तुम्हें जीने नहीं दिया। आईने में अपना चेहरा देखने लायक नहीं रही यह दुनिया। शर्म! शर्म! इस दुनिया ने तुम्हें जीने नहीं दिया। ईश्वर करे, तुम्हें एक बेहतर दुनिया नसीब हो...

मगर, कहानी!...कैसे लिखूँ मैं एक कहानी?

उन कतरनों को लेकर मैं रात तक बैठा रहा कुछ लिख डालने के लिए; उन दृश्यों से होकर गुजरता था जिनसे होकर अयलान गुजरा था मगर...

दूसरे दिन जब आए श्रीमान, तब मैंने उनसे कहा, "आपने कभी मुझे सीरिया के गृह-युद्ध में घायल हुए एक तीन साल के बच्चे की कहानी लिखने को कहा था। इस तीन साल के बच्चे ने मरने से पहले अपना अन्तिम वाक्य

बोला था, 'मैं ईश्वर को सबकुछ बता दूँगा।' यह सोचकर कि तीन साल का बच्चा भला क्या बताएगा ईश्वर से, मैंने कहानी लिखने में असमर्थता प्रकट की थी। तब आपने मुझे उस बच्चे की जगह मयंक को रखकर कहानी लिखने को कहा। मयंक की कहानी तो मैं लगभग पूरा करने पर हूँ। मगर अब आप कह रहे हैं इस अयलान की कहानी लिखने को। मयंक की कहानी तो पूरी कर लूँ।"

"अब उस कहानी की जरूरत नहीं है, श्रीकान्त?"

"जो कहानी बहुत जरूरी थी, उसकी अब जरूरत ही नहीं?"

"हाँ, श्रीकान्त। मयंक बता सकता है बहुत कुछ मगर किस ईश्वर को बताएगा? कहीं कोई ईश्वर है भी क्या?

"क्या अब उसके लिए कोई ईश्वर नहीं रहा?"

"किसके लिए रहा कभी कोई ईश्वर?" श्रीमान अपनी रौ में बोलने लगे, "सीरिया के एक उस बच्चे ने ही ईश्वर को सबकुछ नहीं बताया होगा, मरकर अब तक असंख्य बच्चे पहुँचे होंगे ईश्वर के पास और बहुत कुछ बताया होगा इस ईश्वर से। सारे बच्चे कह चुके होंगे, दुनिया बहुत बदसूरत है। क्या ईश्वर का दिल पसीजा? बच्चे अभी भी मारे जा रहे हैं, मरकर जा रहे हैं ईश्वर के पास। क्या ईश्वर बन्द कर देगा इस खून के खेल को। ईश्वर आपकी पहचान में आ रहा है, श्रीकान्त?"

मैं टुकुर-टुकुर उनके चेहरे को देखता रहा।

"मैं आपके लिए कुछ कविताएँ लेकर आया हूँ, श्रीकान्त," बोलकर उन्होंने अपनी जेब से कुछ पन्ने निकाले और फिर मुझसे कहा, "आपके ईश्वर ने आज तक इन बच्चों का कुछ भी नहीं सुना। वह कभी इन बच्चों का नहीं सुनेगा। आपका ईश्वर एक कैदी है, श्रीकान्त।"

"कैदी है?" मैं मुस्करा उठा, "कैसी कैद, श्रीमान?"

"एक कविता सुन लीजिए," एक पन्ना निकाला उन्होंने और धीरे-धीरे पढ़ने लगे—

विजय-घंट बज उठे;
पापी भक्तों ने प्रवेश किया
देवालय में

*गुणानुवाद करते हुए
प्रभु का।
उदास पुजारी ने सूचना दी,
"प्रभु गायब हैं।"
भक्तों ने देखा,
खाली है गंध-कुटी।*

*खलबली मच गई।
किसने जुर्रत की?
कौन उठा ले गया
हमारे मालिक को?*

*देवालय का कोना-कोना
ढूँढ़ा गया।
एक कोने में
पाए गए प्रभु,
दुबके,
परेशान,
भयभीत।
पुजारी ने सिर टेक दिया,
"यह क्या, प्रभु!
रुष्ट क्यों हो गए?
आसन क्यों त्याग दिया?
आप क्षमावान् हैं, प्रभु।
हम क्षमा चाहते हैं;
हर प्रायश्चित के लिए
तैयार हैं हम।
आप अगर चाहें,
तो कैसी भी सजा दे दें;*

हम भुगत लेंगे।

काँपते स्वर में प्रभु ने कहा,
"मैं एक पापी हूँ;
योग्य नहीं हूँ इस आसन के।
मुझे विदा कर दें आप सब।
प्रकट नहीं करूँगा अपने पाप,
पर मैं महापापी हूँ।
रह नहीं पाऊँगा अब
एक क्षण भी
इस आलय में।"
प्रभु ने हाथ जोड़ दिए।

भक्तों ने जिद की,
बहुत समझाया,
खताओं के लिए माफी माँगी;
पर क्षमावान् भगवान
सिसकियों पर उतर आए,
आसन पर विराजने से
बिलकुल इनकार कर दिया।
भीड़ चकित-स्तंभित रह गई।

अब भीड़ को गुस्सा आया।
किसी एक भक्त ने
चीखकर कहा,
"ऐसा नहीं हो सकता,
कभी नहीं।
हमें सख्त जरूरत है
एक भगवान की।

इन्हें आसन से बाँध डालो
और फूल-पत्तियाँ चढ़ाओ।

कविता समाप्त कर वे मुस्कराते हुए मेरी ओर देखने लगे। मुझे कुछ बोलना था; मैं बोला, "कविता में यह नहीं है कि ईश्वर किसकी कैद में है।"

"किसकी कैद में है यह ईश्वर, यह भी जान ही लीजिए; मगर इसके लिए एक और कविता," बोलकर वे एक दूसरी कविता सुनाने लगे—

दो दिन पूर्व ही
पिपरा के देवालय का पुजारी
नर्क सिधार गया था।
कौन हो नया पुजारी,
गाँव वालों के बीच
इस पर विचार हुआ था।
सबकी हुई थी एक राय,
अब इस देवालय का
नया पुजारी हो चुल्हाय।
निर्णय सुन
चमक उठा देव,
पड़ा शोक में।
पहुँच गया
अपनी फरियाद सुनाने
देवलोक में,
"पिपरा में ऐसा क्यों?
चुल्हाय दास जैसा क्यों?
गर बहाल होते हैं
मन्दिर में
ज्ञानी और सदाचारी,
मारेंगे ये

हमारी टाँग पर ही
कुल्हाड़ी।
भक्तों को ज्ञानी बनाएँगे,
सत्पथ दिखलाएँगे,
और उनकी दुनिया में
अमन-चैन लाएँगे।
ऐसा दिन आएगा,
हमें दुरदुराएँगे।
हमने कब चाहा है
धरती पर अमन-चैन!
तब क्या इन भक्तों को
याद भी
हम आएँगे!
हो पुजारी अज्ञानी
और कुपथगामी हो;
देवों के रक्षक वे,
वे हमें बचाएँगे।"
देवों की सभा हुई भारी,
कैसे ना बन पाए
चुल्हाय दास पुजारी!
दंगा फैलाकर
जो दूतों की टोली थी
अभी-अभी आई,
वह गई बुलाई।
हुक्म हुआ झट पिपरा जाने का,
पिपरा के लोगों पर जादू चलाने का,
पिपरा के मन्दिर से
चुल्हाय को भगाने का।

टोली के दूत सभी
देवों की जान थे।
देवों की सेवा में
सारे शैतान थे।

कविताएँ सुनाकर श्रीमान उठ गए और कहा, "आज बस इतना ही। मयंक की कहानी किसी ईश्वर के लिए लिख रहे थे आप, अयलान की कहानी इस दुनिया के लोगों के लिए लिखेंगे। कल रविवार है। आपके साथ जमकर बातें करूँगा।"

मैं उठ खड़ा हुआ और कहा, "आप इन कविताओं को मेरे पास छोड़ जाइए, श्रीमान। मैं इन्हें फिर दुबारा पढ़ूँगा।"

उन्होंने हँसकर सारे पन्ने मेरी ओर बढ़ा दिए।

मैंने उन कविताओं को कई-कई बार पढ़ा और यह सोच-सोचकर मुस्कराता रहा कि अब श्रीमान कविताएँ भी लिखने लगे हैं। मुझमें यह भाव आया था कि श्रीमान को मैंने कवि बना दिया।

जब अगले दिन श्रीमान पधारे तो मेरा पहला प्रश्न था, "ये कविताएँ आपकी लिखी हुई हैं न?"

श्रीमान ठठाकर हँसे और जवाब दिया, "कविताएँ तो मेरी लिखी हुई नहीं है मगर इस कवि के अन्दर दिल मेरा है।"

"दिल आपका है तो मैं मान सकता हूँ कि कविताएँ भी आपकी ही हैं।"

उन्होंने मुझ पर नजर गड़ाई और कुछ रुककर कहा, "जो संवेदना इस कवि के अन्दर है, वही मेरे अन्दर भी है। यह संवेदना ही साहित्य है, श्रीकान्त। अगर संवेदना है किसी के अन्दर तो उसके अन्दर साहित्य भी है। मगर हर कोई साहित्यकार नहीं हो जाता। कोई निरक्षर है, किसी के पास अभिव्यक्ति की भाषा नहीं है, किसी के पास कुछ लिखने के लिए समय ही नहीं है। मुझमें भी कोई कमी है। मैं अगर ऐसी कविताएँ लिख पाता तो

फिर अयलान की कहानी मैं खुद लिखता, जिद नहीं करता कि आप लिखें इस बालक की कहानी।"

बात अयलान की कहानी पर आ गई।

मैंने खिन्न मुस्कराहट के साथ श्रीमान से कहा, "अयलान की कहानी लिखने में तो मैं भी अपने को असमर्थ पा रहा हूँ, श्रीमान। आपने कभी मुझसे मयंक पर कहानी लिखने को कहा था। अब तो उस कहानी के आखिरी पन्ने लिख रहा हूँ। मगर अब आप अयलान पर कहानी लिखने को कह रहे हैं। मयंक मेरे सामने खेलता-कूदता बच्चा है। आप अयलान की निर्जीव देह सौंप रहे हैं और कह रहे हैं कहानी लिखने। मैं इस बच्चे की कहानी कैसे लिखूँ जिसकी मौत हो चुकी है और जो कभी मेरी नजरों के सामने नहीं आया था।"

'श्रीमान्' ने मेरी बातें ध्यान से सुनीं, मुस्कराए और कुछ रुककर कहा, "मयंक की कहानी उस बच्चे की कहानी होगी जो जिन्दा है; अयलान की कहानी तो उसकी मौत से ही शुरू हो सकती है।"

"मौत से?" मेरी आँखों में घोर अचरज था।

उन्होंने हाँ में सिर हिलाया और फिर सुनाना शुरू किया, "भागते आ रहे शरणार्थियों के झुंड को देखकर आस-पास के सारे मुल्क चौकन्ने हो गए। शरणार्थियों की इतनी बड़ी संख्या को शरण देने के लिए जगह कहाँ, इनके लिए दाना-पानी कहाँ! और इन शरणार्थियों के साथ आतंकवादियों के आ घुसने का खतरा भी तो कम नहीं था। जो आ घुसे वे आ गए, अब और नहीं। शरणार्थियों के लिए दरवाजे बन्द किए जाने लगे, बन्द कर दिए गए। किसे परवाह कि पिछले चार-साढ़े चार सालों में सीरिया के युद्ध ने ढाई लाख लोगों की जानें ले ली हैं, एक-सवा करोड़ लोगों को बेघर कर दिया है।"

इतना बोलकर वे रुके और फिर अपनी निगाह मेरे चेहरे पर टिकाते हुए बोले, "अब जाकर होती है अयलान की मौत और उसकी या आपकी कहानी यहीं से शुरू होती है, अयलान की मौत से।"

मैंने अबूझ निगाहों से उनकी ओर देखा।

वे आगे बढ़े, "जब तक जिन्दा रहा यह बच्चा, तब तक कोई नहीं जान रहा था उसे मगर ज्यों ही उसकी मौत हुई, वह पूरी दुनिया की निगाहों में आ गया। समुद्र-तट पर निर्जीव पड़े अयलान की तस्वीर पर ज्यों ही दुनिया वालों की नजर पड़ी, पूरी दुनिया में खलबली मच गई। युद्ध में मरे लोगों और देश छोड़कर भाग रहे शरणार्थियों पर तीखी बहसें होने लगीं। हर एक के सामने यह सवाल आ खड़ा हुआ कि अगर ऐसी तस्वीरों से भी नहीं बदलता है मनुष्य का अमानवीय चेहरा तो फिर अब किन तस्वीरों से बदलेगा? सारे पड़ोसी देशों की मानसिकता बदल गई। वे आगे बढ़ आए शरणार्थियों को गले लगा लेने।" कुछ रुककर उन्होंने पूछा, "अब आप मानेंगे कि अयलान की कहानी उसकी मौत से ही शुरू होती है?"

"कहानी मौत से शुरू हुई मगर अब कहानी खत्म भी तो हो गई?"

"उस कहानी को आप आगे बढ़ा ले जाएँ।"

"आगे बढ़ा ले जाएँ मगर कैसे?"

"अयलान की जगह मयंक को रखकर।"

"श्रीमान, आप कुछ अशुभ तो नहीं बोल रहे हैं?" मैं हिचकिचा रहा था बोलते हुए, "मयंक हमारे सामने है और अयलान...

"क्या आपको नहीं लगता कि मयंक भी किसी रबर की डोंगी में बैठा हुआ है; डोंगी समुद्र में छोड़ दी गई है; समुद्र उग्र हो रहा है; अब कभी भी डोंगी में पानी भरना शुरू हो जाएगा; और फिर...? क्या आपको ऐसा नहीं लगता?"

मुझसे कोई जवाब देते नहीं बना।

"जैसे अयलान के चित्र ने दुनिया को झकझोर दिया, वैसे ही मयंक पर आपकी लिखी कोई कहानी इतना कर जाए कि लोग मेरे मयंक से प्यार कर बैठें, उसे उस डूबती डोंगी से उतार लें।"

"मेरे लिए क्या सम्भव होगा, श्रीमान, ऐसी कोई कहानी लिख पाना?"

"आप कहानी न लिखें, मयंक को लिखें। यह तो सम्भव है?"

"मैं लिखना तो शुरू कर दूँगा, श्रीमान पर पता नहीं, कब तक पूरी कर पाऊँगा मयंक की यह कहानी।"

"मैं मरने से पहले यह कहानी पढ़ लेना चाहता हूँ," वे मुस्कराए, "मुझे विश्वास है कि अभी आपके पास काफी समय है यह कहानी लिख डालने के लिए।"

जवाब में मैं भी केवल मुस्कराया।

जाने से पहले वे फिर इतना बोल गए, "किसी दिन आपने किसी महापुरुष का यह विचार सुनाया था मुझे कि ईश्वर हर दिन बच्चों को जन्म दे रहा है, क्योंकि उसे अभी भी आदमी पर विश्वास है। तब मैंने बड़ी तल्ख टिप्पणी की थी इस विचार पर। तब मैं इतना तक बोल गया था कि यह दुनिया ही नष्ट हो जाए। मुझे ईश्वर पर अभी भी भरोसा नहीं पर अब आदमी पर भरोसा हो चला है। यह भरोसा मुझे अयलान की मौत के बाद ही हुआ है। दुनिया कितनी भी अमानवीय हो गई हो मगर एक मानवीय चेहरा उसके पास है। मैं चाहता हूँ कि जिस तरह उसके चित्र ने दुनिया के लोगों को संवेदनाओं से भर दिया है, उसी तरह आपकी कहानी भी आपके पाठकों में मेरे मयंक के लिए दर्द जगा दे। फिर भला मैं चाहूँगा कि यह दुनिया नष्ट हो जाए!"

क्या एक मयंक की सूरत बदल जाने से बहुत बदसूरत यह दुनिया श्रीमान के लिए बहुत खूबसूरत हो जाएगी? अब उनकी चिन्ता में एक मयंक ही तो नहीं रहा था। उनका पीछा तो वे सारे बच्चे भी कर रहे थे जो इस बदसूरत दुनिया के जुल्मों के शिकार हुए थे। ये सारे बच्चे किसी ईश्वर के पास न जाकर इस श्रीमान के पास अपनी शिकायत लेकर पहुँच गए थे। इन बच्चों के सामने वे चुप हैं, किया अनकिया नहीं किया जा सकता; मगर अभी जो कुछ सामने दिख रहा है...

...वे देख रहे हैं कि अभी भी मैदानों में नर-मुंडों और अस्थियों के ढेर लगाए जा रहे हैं; देख रहे हैं कि जहाँ-तहाँ बन्दूकधारी सिपाहियों के आगे-आगे बच्चों की भीड़ भागी जा रही है और हर भीड़ के आगे नंगी

बच्चियाँ चीखती-चिल्लाती भाग रही है; देख रहे हैं कि ढेर सारे बन्दूकधारी सिपाही बन्दूकों की नोंकों पर बच्चों को टाँगे चले जा रहे हैं...

इस बदसूरत दुनिया को बदलने के लिए वे मेरे पास आ गए... श्रीकान्त, कहानियाँ लिखो;...साहित्य रचो, श्रीकान्त...

कभी मैंने कुछ सहमते हुए ही श्रीमान को एक सलाह दे डाली थी जो अक्सर धंधकधोरी में फँसे बूढ़ों को दी जाती है। मैंने कहा था, "अब आपके चिन्तामुक्त होकर आराम करने का समय आ गया है, श्रीमान। मयंक की चिन्ता अब इसके माँ-बाप करें। अब आप मोह त्यागिए इस बच्चे का। आप बेवजह अपने को दुखी करते रहेंगे।"

बहुत देर तक वे मुझे घूरते रह गए थे और फिर कहा था, "मोह दूर करना अपने वश में है क्या? कोई मंत्र है जिसका जाप करूँ और मोह भाग जाए?"

"मन को साधिए, श्रीमान।"

"किस तरह? किस तरह, श्रीकान्त?"

"जिस तरह लोग घर-बार छोड़कर संन्यास ग्रहण करते रहे हैं।"

"आप मुझे संन्यास लेकर वन में जाने की सलाह दे रहे हैं?" खिन्न मुस्कराहट उनके होंठों पर उतर आई थी।"

"नहीं, श्रीमान," मैंने झट जवाब दिया, "वन में जाने की सलाह नहीं देता; घर में संन्यासी बनकर रहने की सलाह देता हूँ। घर में रहकर भी आप घर वालों के दुख-सुख से अलग हो जाइए।"

"मेरे पास तो समय नहीं है यह सब जानने-समझने का कि संन्यासी किस मंत्र या साधना से अपने सारे बन्धनों को काटकर संसार से अलग हो जाते हैं। अगर आपकी जानकारी में कभी कोई ऐसा मंत्र या साधना आए तो बताइएगा मुझे, ताकि मैं भी मयंक के बन्धन को काटकर फेंक दूँ।"

मुझे लगा था कि अपनी आखिरी बात वे गुस्से में बोलकर चले गए थे और कहीं ऐसा न हो कि वे मेरे पास आना तक बन्द कर दें।

ऐसा था नहीं। शाम में गए थे वे और सुबह-सुबह आ गए कहने,

"सुनिए, श्रीकान्त, अगर आपकी जानकारी में मयंक का बन्धन काटने का कोई मंत्र या साधना कभी आए भी तो मुझे मत बताइएगा।"

बड़े सपने पाल लिये हैं श्रीमान ने। पूरी दुनिया को खूबसूरत बनाने में लग गए हैं। मयंक से आरम्भ किया था इन्होंने और अब करोड़ों के साथ चल रहे हैं। ऐसे आदमी को भी कोई पागल न कहे!

अगली भेंट में उनके आते ही मैंने कहा, "मैंने यह मान लिया, श्रीमान, कि मेरी कहानियाँ पाठकों के मन में मयंक के लिए दर्द जगा देंगी मगर क्या इतने से आपकी दुनिया खूबसूरत हो जाएगी? बड़े-बड़े महापुरुष अवतरित हुए इस दुनिया में, इसे खूबसूरत बनाने में अपना जीवन स्वाहा कर दिया मगर क्या हुआ?...हो गई दुनिया खूबसूरत?"

उन्होंने मुझ पर निगाह टिकाई, कुछ देर मुझे टुकुर टुकुर निहारते रहे, मुस्कराते रहे और फिर अचानक पूछ बैठे, "आप कहानियाँ क्यों लिखते हैं?"

'मैं कहानियाँ क्यों लिखता हूँ,' मैं मन ही मन बुदबुदाया। मुझे तुरन्त कोई अच्छा जवाब नहीं सूझा और मैं बोल गया, "मुझे आनन्द मिलता है कहानियाँ लिखने से।"

"क्या आप इस बात से अनजान हैं कि इस बदसूरत दुनिया को खूबसूरत बनाने के लिए ही आप कहानियाँ लिख रहे हैं?"

मैं कोई जवाब नहीं दे पाया।

"महापुरुषों के प्रवचन दिमाग पर चोट करते हैं," उन्होंने कहना शुरू किया, " मगर साहित्य मर्म पर आघात करता है। आपने देखा तो कि अयलान के एक चित्र ने दुनिया के लोगों को संवेदनाओं से भर दिया।"

"अयलान के चित्र को दुनिया ने देख लिया," मैंने मुस्कराकर सवाल किया, "क्या मेरी कहानियों को भी दुनिया पढ़ लेगी?"

"आप सूरज की तरह नहीं चमक सकते, श्रीकान्त," उन्होंने एक अभिभावक का रूप ग्रहण कर लिया, "मगर एक दीया की तरह जल तो सकते हैं। दुनिया में आपकी तरह लाखों दीप जल रहे हैं। क्या वे सब सिर्फ

आनन्द के लिए लिख रहे हैं? लिखते रहें वे आनन्द के लिए मगर उन्हें यह मानना होगा कि इस बदसूरत दुनिया को केवल साहित्य ही खूबसूरत बना सकता है।"

"मैंने मान ली आपकी बात, श्रीमान," मैंने कहा, "मगर आप भी मानिए कि साहित्य पढ़ने वाले अब नहीं के बराबर हैं। मेरी कहानियों को ही कितने लोग पढ़ लेते होंगे!"

"अब साहित्यकार को केवल साहित्य सृजन ही नहीं करना है, उन्हें साहित्य का प्रचार-प्रसार भी करना है, अपने साहित्य को अपने लोगों तक पहुँचाना है।"

"साहित्य का प्रचार-प्रसार?" मैं पूछ बैठा, "वह कैसे, श्रीमान?"

"आज गुजाय की चाय दुकान पर देश-दुनिया की खबरों से ज्यादा आपकी कहानियों में आए पात्रों की चर्चा होती है। अब लोग यह जानने आते हैं कि कोई नई कहानी आई है या नहीं। एक बार मैं एक मित्र के आग्रह पर अररिया गया था एक मुशायरा में शायरों को सुनने। तीन दिन बाद मेरे मित्र ने मुझे बताया कि उसी रात अररिया के मोहल्लों में नौ शायर पैदा हो गए थे। हमें साहित्य को हर घर तक ले जाना होगा, श्रीकान्त।"

"वह कैसे, श्रीमान?"

"अपने छोटे-बड़े प्रयासों से," बोलकर वे आगे बढ़, "तमिलनाडु के एक नाई ने अपनी दुकान में टी.वी. के बजाय एक पुस्तकालय स्थापित किया है। उसकी दुकान में एक सूचना है कि जो ग्राहक एक किताब पढ़ेगा उसे 30 प्रतिशत की छूट मिलेगी। यह हुआ न एक छोटा प्रयास?"

"बहुत छोटा हुआ, श्रीमान," मैंने कहा, "नहीं के बराबर।"

"पन्द्रह-बीस दिन पहले," उन्होंने सुनाया, "एक आदमी, चालीस-पचास साल की उम्र का, आया था मेरे पास। वह हमारे एक पुराने बटाईदार का बेटा था। उसने अपना नाम बताया था सोनेलाल। कुशल-प्रश्न के बाद उसने मुझसे कुछ किताबें माँगीं पढ़ने के लिए।

"'तुम पढ़ते हो?' मैंने पूछा था।

"'हाँ, उसने जवाब दिया था, 'पढ़ता तो हूँ मगर अब किताबें ही नहीं मिलतीं पढ़ने के लिए।'

"'कब मिलती थीं किताबें?'

"'नाना के मरने के बाद मैं बहुत दिनों तक ननिहाल में ही रहा। वहाँ गाँव में एक पुस्तकालय भी था। मुझे पढ़ना आता था। मैं पुस्तकालय से किताबें ले आकर पढ़ा करता था। मामा की भैंस भी चराता था और उस पर बैठा-बैठा पढ़ता भी था। गोकुलपुर में या इधर के किसी गाँव में कोई पुस्तकालय नहीं है। किताबें नहीं मिलतीं और मेरा पढ़ना बन्द हो गया है।'

"मैंने सोनेलाल को कुछ किताबें दीं और उससे बराबर आने को कहा। अब आपसे कहूँ कि हर गाँव में एक पुस्तकालय हो। आप बताएँगे कि यह कैसे हो?"

"सरकार हर घर में शौचालय बनवा सकती है तो क्या हर गाँव में एक पुस्तकालय स्थापित नहीं करवा सकती? यह काम तो सरकार ही करवा सकती है।"

"अब तो आप यह भी कहेंगे कि सरकार ही जनता को मजबूर करे साहित्य पढ़ने के लिए?"

उनके इस सवाल पर मुझे हँसी छूट गई।

उन्होंने हँसी में साथ नहीं दिया और मेरी हँसी थम जाने के बाद कहा, "मैं ऐसा नहीं कहूँगा। सरकार का साहित्य से कोई सरोकार नहीं है, क्योंकि यहाँ उसका कोई 'वोट बैंक' नहीं है। मैं यह जरूर कहूँगा कि जनता मजबूर करे सरकार को साहित्य से सरोकार रखने के लिए; जनता मजबूर करे राजनेताओं को साहित्य पढ़ने के लिए।"

"राजनेताओं को फुरसत कहाँ है साहित्य पढ़ने के लिए?"

"अगर उन्हें फुरसत नहीं है तो फिर उन्हें राजनेता बनने का अधिकार भी नहीं है।"

"क्यों?"

"पहले नेता वे होते थे जो समाज की सेवा करते थे। आज के नेता सत्ता से चिपकते हैं और समाज को भूल जाते हैं। सत्ता के लिए वे कुछ भी कर सकते हैं, हत्या भी। ऐसा इसलिए होता है कि उनके अन्दर संवेदना नहीं होती। विचारकों और चिन्तकों ने कहा भी है कि राजा कोई दार्शनिक

ही हो। संवेदनहीन शासकों को साहित्य ही सुधार सकता है। उन्हें साहित्य पढ़ना होगा।"

मैंने हँसकर कहा, "उन्हें साहित्य पढ़ाना होगा।"

"तो फिर वही कीजिए।"

"यह हो कैसे?"

"हर नेता के जन्म-दिन पर उन्हें साहित्यिक पुस्तकें भेंट करें, उन्होंने मुझ पर निगाह टिकाई, "यह काम आप साहित्यकारों को ही करना होगा।"

"भेंट तो स्वीकार कर लेंगे वे मगर सारी पुस्तकें कबाड़ियों को बेच दी जाएँगी।"

"ऐसा हो तब भी और नहीं हो तब भी," वे बोले, "साहित्यकारों को गाँव की ओर जाना पड़ेगा—'साहित्य गाँव की ओर'।"

"साहित्यकार क्या करेंगे गाँवों में जाकर?"

"गाँव वालों को कहानियाँ सुनाएँगे, कविताएँ सुनाएँगे, नाटक दिखाएँगे।"

मैं मुस्कराने लगा था तो वे बोले, "अब आप यह नहीं पूछें कि गाँव वाले कहानियाँ सुनने आएँगे क्या? गुजाय की चाय दुकान पर गाँव के लोग कहानियाँ सुनने आते रहे हैं। मैं अपने गोकुलपुर से ही शुरू करता हूँ साहित्यकारों का यह कार्यक्रम। मैं इसकी रूप-रेखा तैयार कर देता हूँ। इन कार्यक्रमों में गाँव की प्रतिभाओं को भी शरीक करूँगा। तब श्रोताओं की भीड़ सौ-पचास की नहीं, हजारों की होगी। यहाँ ढेर सारे साहित्य मंच हैं। आप इनसे जुड़े साहित्यकारों से बात कीजिए।"

"मैं आज से ही अपनी भाग-दौड़ शुरू करता हूँ।"

मैं देख रहा था कि और दिनों की अपेक्षा आज उनका चेहरा कुछ अधिक ही चमक रहा था।

उन्होंने विदा ली और कमरे से बाहर जाने को हुए; मगर दरवाजे तक जाकर वे फिर लौटे, फिर बैठ गए और कहा, "मैं वह दिन देखना चाहता हूँ जब अपने चुनावी भाषणों में नेताजी श्रोताओं को बताएँ कि उन्होंने किन-किन साहित्यिक पुस्तकों को पढ़ा है, और पत्रकार उन नेताओं

से कुछ ऐसे प्रश्न भी अवश्य करें—'आप बता सकते हैं कि होरी किस उपन्यास का पात्र है?...रमपतिया रेणु की किस कहानी में है?...रामधारी सिंह 'दिवाकर' का 'दाखिल खारिज' उपन्यास आपने पढ़ा है?...लालपान की बेगम...